LITERATURE
AND
ART
STUDIES
SERIES

文艺研究 小丛书
（第一辑）

半径与视角

南 帆 ◎ 著
李松睿 ◎ 编

文化艺术出版社
Culture and Art Publishing House

图书在版编目（CIP）数据

半径与视角/南帆著.—北京：文化艺术出版社，2021.8
（文艺研究小丛书/张颖主编.第一辑）
ISBN 978-7-5039-7101-3

Ⅰ.①半… Ⅱ.①南… Ⅲ.①中国文学－现代文学－文学研究②中国文学－当代文学－文学研究 Ⅳ.①I206.6

中国版本图书馆CIP数据核字（2021）第151370号

半径与视角
（《文艺研究小丛书》〈第一辑〉）

主　　编	张　颖
编　　者	李松睿
著　　者	南　帆
丛书统筹	叶茹飞
责任编辑	刘锐桢
责任校对	董　斌
书籍设计	李　响　姚雪媛
出版发行	文化素術出版社
地　　址	北京市东城区东四八条52号（100700）
网　　址	www.caaph.com
电子邮箱	s@caaph.com
电　　话	（010）84057666（总编室）　84057667（办公室）
	84057696—84057699（发行部）
传　　真	（010）84057660（总编室）　84057670（办公室）
	84057690（发行部）
经　　销	新华书店
印　　刷	国英印务有限公司
版　　次	2022年1月第1版
印　　次	2022年1月第1次印刷
开　　本	880毫米×1230毫米　1/32
印　　张	4
字　　数	62千字
书　　号	ISBN 978-7-5039-7101-3
定　　价	42.00元

版权所有，侵权必究。如有印装错误，随时调换。

总　序

张　颖

2019年11月,《文艺研究》隆重庆祝创刊四十年,群贤毕集,于斯为盛。金宁主编以"温故开新"为题,为应时编纂的六卷本文选作序,饱含深情地回顾了《文艺研究》的何所来与何处去。文中有言:"历史是一条长长的水脉,每一期杂志都可以是定期的取样。"此话道出学术期刊的角色,也道出此中从业者的重大使命。

《文艺研究》审稿之严、编校之精,业界素有口碑。这本质上源于编辑者的职业意识自觉。我们的编辑出身于各学科，受过严格的学术训练，在工作中既立足学科标准，又超越单学科畛域，怀抱人文视野与时代精神。读书写作，可以是书斋里的私人爱好与自我表达；编辑出版，是作者与读者、写作与出版的中间环节，无时不在公共领域行事，负有不可推卸的公共智识传播之责。学术期刊始终围绕"什么是好文章"这一总命题作答，更是肩负着学术史重任，不可不严阵以待。本着这一意识做学术期刊，编辑需要端起一张冷面孔，同时保持一副热心肠，从严审稿，从细编校。面对纷繁的学术生态场，坚持正确的政治导向，保持冷静客观的判断；面对文字、文献、史实、逻辑，怀着高于作者本人的热忱，反反复复查证、商榷、推敲、打磨。

我们设有相应制度，以保障编辑履行上述学术史义务。除了三审加外审的审稿制度、五校加互校的校对制度，每月两度的发稿会与编后会鼓励阐发与争鸣，研讨气氛严肃而热烈。2020年5月，在中国艺术研究院各级领导大力支持下，杂志社成立艺术哲学与艺术史研究中心。该中心秉持"艺术即人文"的大艺术观，旨在进一步调动我刊编辑的学术主体性与能动性，同时积极吸收优质学术资源和研究力量，推动艺术学科体系建设。

基于上述因缘，2021年初，经文化艺术出版社社长杨斌先生提议，由杂志社牵头，成立"文艺研究小丛书"编委会。本丛书是一项长期计划，宗旨为"推举新经典"。在形式上，择取近年在我刊发文达到一定密度的作者成果，编纂成单作者单行本重新推出。在思想上，通过编者的精心构撰，使之整体化为一套有机勾连的新体系。

编委会议定编纂事宜如下。每册结构为总序＋编者导言＋作者序＋正文。编者导言由该册编者撰写，用以导读正文。作者序由该册作者专为此次出版撰写，不作为必备项。正文内容的遴选遵循三条标准：同一作者在近十年发表于《文艺研究》的文章；文章兼备前沿性与经典性；原则上只选编单独署名论文，不收录合著文章。

每册正文以当时正式刊发稿为底稿。在本次编撰过程中，依如下原则修订：1. 除删去原有摘要或内容提要、关键词、作者单位、责任编辑等信息外，原则上维持原刊原貌；2. 尊重作者当下提出的修改要求，进行文字或图片的必要修订或增补；3. 文内有误或与今日出版规范相冲突者，做细节改动；4. 基本维持原刊体例，原刊体例与本刊当前体例不符者，依当前体例改；5. 为方便小开本版式阅读，原尾注形式统改为当页脚注。

  编研相济，是《文艺研究》的优良传统。低调谨细，是《文艺研究》的行事作风。丛书之小，在于每册体量，不在于高远立意。如果说"四十年文选"致力于以文章连缀学术史标本，可称"温故"，那么，本丛书则面对动态生成中的鲜活学术史，汇聚热度，拓展前沿，重在"开新"。因此，眼下这套小丛书，是我们在"定期取样"之外，以崭新形式交付给学术史的报告，唯愿它能够为读者提供一定帮助或参照。

编者导言

李松睿

近年来,有关文学理论是否离文学过于遥远的话题,不断引起学术界的争论。[1] 所谓文学理论偏离文学,一方面是指当下的文学理论逐渐将关注的焦点从文学身上移开,开始涉足

---

[1] 有关这方面的争论,参见朱国华的论文《渐行渐远?——论文学理论与文学实践的离合》(《浙江社会科学》2020年第12期),金惠敏的论文《作为理论的文学与间在解释学——为"没有文学的文学理论"一辩》(《文艺争鸣》2021年第3期)。

影视、游戏、网络等更加宽泛的文化现象；另一方面是指文学理论不再关心审美问题，且表达形式往往晦涩、枯燥，缺乏美感，使得对文学的讨论，筑起了一道用专业知识垒成的高墙，将普通的文学爱好者拒之门外。关于前者，虽然不断有"怀旧"的研究者对此哀叹不已，但人们大多已经承认文学这一艺术形式早已丧失了曾经的中心地位，文学理论必须关注那些层出不穷的最新文化现象；关于后者，则会有更多的人提出抗议，断言研究文学不应该丧失审美追求，甚至有些极端的研究者认为，高深的理论、晦涩的语言不过是一出"空城计"，它所掩饰的，是作者对研究对象缺乏真正的体认，单纯用《浮士德》中的名言"理论是灰色的"，并不足以供操持着佶屈聱牙的语句的研究者自证清白。

我们必须承认，伴随着文学研究近几十年来的发展，研究者关注的对象早已超越了单纯的作家、作品，那种将文学研究视为"灵魂在伟大杰作中间的奇遇"[1]的审美批评，已经与当代学人的治学理路发生了龃龉。然而，晦涩、枯燥的文学研究还

---

1 李健吾：《自我与风格》，载郭宏安编《李健吾批评文集》，珠海出版社1998年版，第183页。

是多少令人感到有些遗憾，是否有一种理论研究的范式，能够兼顾思考的深度与文字的优美呢？在这一点上，南帆的相关研究无疑做出了表率。

读者眼前的这本论文集《半径与视角》，收入了南帆近年发表在《文艺研究》上的三篇论文，分别是《小资产阶级：革命、文学与文化症候》《中国当代文学史的乡村形象谱系》《文学虚构类型：现实主义、欲望与乌托邦》。南帆研究的一大特点，是对概念、理论的适用范围有着极为清醒的自觉，能够把握某个概念在哪些语境下极为有效，又在哪些情况下变得缺乏解释力。这就使得他对文学现象或文艺理论的研究，总能在貌似顺滑、自洽的话语运作中，发现自相矛盾和裂隙之处，从而窥破话语运作的秘密。例如，在《小资产阶级：革命、文学与文化症候》一文里，南帆指出在左翼批评话语中，"小资产阶级"这个概念极为可疑，总是与个人主义、散漫、落后、精英趣味等联系在一起，构成了对强调集体主义精神的革命事业的威胁，因而必须将其从无产阶级革命文学的书写中清除出去。然而，在文学史上，有关小资产阶级的书写却总是在左翼批评的高压下反复出现，茹志鹃《百合花》中战地通讯员枪口上插着的野花，王蒙《组织部新来的年轻人》中林震随身携带着的小说《拖拉机站站长与总农艺师》,宗璞《红豆》里女革命者始终无法忘怀的那颗红豆,都显影了小资产阶级形象在文学中的顽强生命力。由左翼文学批评与文学实践之间的裂隙出发,南帆进一步分析了20世纪中国现当代文学中阶级话语与启蒙话语之间的冲突,从而深化了对小资产阶级文学形象的理解。这种研究方式能够促使人们反思那些常见的理论概念,引发新的思考。

与对理论思考的深入、细致相比,南帆论文让人印象更加深刻的地方,是其表达方式鲜明的个人特色。在他的笔下,理论的思考和对问题的分析并不仅仅依靠逻辑的推演,生动、有趣的意象往往在叙述和论证过程中发挥重要作用。例如,20世纪20年代末的"革命文学"论争中创造社、太阳社与鲁迅、茅盾等人的辩论,本是一个文学史上的常识,但南帆在谈及这一论争时,其表达是:"真知灼见与意气之争同在,理论思辨与挪揄讥诮共存。创造社成员勇猛地向鲁迅、茅盾掷出了挑战的白手套,鲁迅、茅盾的还击辛辣而犀利。"[1] 在这里,南帆仅仅依靠"挑战的白手套",就让这场实际上并未产生太多理论

---

[1] 南帆:《小资产阶级:革命、文学与文化症候》,《文艺研究》2016年第12期。

成果的枯燥争论变得生动起来,令人印象深刻。而在谈到虚构的文学叙述必须吻合读者对于作品的预期才能变得可信时,南帆更是以一段形象的叙述代替了理论的分析:"阅读《西游记》的时候,人们毫无戒心地接受神通广大的孙悟空,相信这只猴子可以把金箍棒藏在耳朵里,或者一个筋斗云翻出十万八千里;然而,如果孙悟空含情脉脉地爱上了白骨精,严重怀疑即刻浮现——尽管常识证明,前一个事实的可能性远远低于后一个事实,但是,虚构叙事的内在逻辑支持相反的判断。"[1] 如果纯粹在理论上分析读者预期对于文学虚构可信性的影响,恐怕要花费较大的篇幅,但南帆在这里使用孙悟空爱上白骨精的例子,一下子把相关问题阐释清楚,且令人忍俊不禁,堪称绝妙。

南帆将这本论文集命名为《半径与视角》。结合南帆的研究特点,按照我的理解,所谓"半径"指的是他对理论、概念的适用范围有着清醒的认识,因而能够有效把握话语的运作逻辑及内在矛盾,获得对文学理论、文学现象的独特解读;而所谓"视角"则是指他能用生动、有趣的意象进行理论思考,

---

[1] 南帆:《文学虚构类型:现实主义、欲望与乌托邦》,《文艺研究》2021年第8期。

因而形成异于常规的视角。正是在独特的"半径"与"视角"下，南帆的论文中充满令人颇受启发的"金句"，使得理论探索也能够让读者感到赏心悦目，创造出一种深入探索文学理论，同时在表达上具有较强文学性的独特论文体式。

目录

001　小资产阶级：革命、文学与文化症候

037　中国当代文学史的乡村形象谱系

066　文学虚构类型：现实主义、欲望与乌托邦

小资产阶级：
革命、文学与文化症候

一

概念史的考证表明，汉语的"革命"一词通常隐含了改朝换代、天道轮回的观念。20世纪初，"革命"一词开始密集出现于报纸杂志。愈来愈多的迹象表明，温和改良的设想正在被抛弃，人们倾心的是彻底摧毁传统秩序，重塑一个崭新的社会空间。[1]这种气氛必然波及文学领域。"五四"新文化运动发轫之初,胡适的《文学改良刍议》尚保存了商议的口气,但陈独秀的回应已经坦然地形容为"革命"——他在《新青年》发表的雄文即是《文学革命论》。日后回忆这场文学运动的缘起,胡适沿袭了陈独秀的表述称之为"文学革命的开始",并且以"逼上梁山"[2]为标题。

然而,"革命"与"文学"大规模的理论联盟发生于20世纪20年代末,二者的互动形成了著名的"革命文学"论争。这是中国现代文学史的重大事件,不同阵营的众多作家纷纷卷入。两年左右的时间,刊物上发表的论争文章超过一百五十篇:或者慷慨激昂,或者引经据典,真知灼见与意气之争同在,理论思辨与揶揄讥诮共存。创造社成员勇猛地向鲁迅、茅盾掷出了挑战的白手套,鲁迅、茅盾的还击辛辣而犀利。尽管论争的内容头绪多端,脉络纷乱,人们仍然可以围绕"革命"与"文学"清理出若干清晰的理论支点。

---

1 参见金观涛、刘青峰的《观念史研究——中国现代重要政治术语的形成》(法律出版社2009年版)第十节"革命观念在中国的起源和演变"和王奇生的《革命与反革命:社会文化视野下的民国政治》(社会科学文献出版社2010年版)第三章。
2 胡适:《逼上梁山——文学革命的开始》,载《四十自述》,安徽教育出版社2006年版,第95—129页。

第一,"阶级"被引入"革命"与"文学"的关系。郭沫若的《革命与文学》断言:"每个时代的革命一定是每个时代的被压迫阶级对于压迫阶级的彻底反抗。"赞成反抗或者否定反抗构成的文学性质截然相反:"文学的这个公名中包含着两个范畴:一个是革命的文学,一个是反革命的文学。"[1]

第二,蒋光慈认为"革命文学是以被压迫的群众做出发点的文学"[2]!分析了这个历史阶段的文学特征后,李初梨进一步阐述了这个命题:"革命文学……它应当而且必然地是无产阶级文学。"[3]

第三,围绕于革命文学周围的作家拥有哪一种阶级身份?成仿吾坦然地承认,他们从属于"小资产阶级"。这是一个即将被"扬弃"的阶级。"我们远落在时代的后面……发挥小资产阶级的恶劣的根性",因此,作家自我改造的途径是:"克服自己的小资产阶级的根性,把你的背对向那将被奥伏赫变的阶级,开步走,向那龌龊的农工大众!"[4]成仿吾的判断似乎没有

---

1 郭沫若:《革命与文学》,《创造月刊》第1卷第3期,1926年5月16日。
2 蒋光慈:《关于革命文学》,《太阳月刊》2月号,1928年2月1日。
3 李初梨:《怎样地建设革命文学》,《文化批判》第2号,1928年2月15日。
4 成仿吾:《从文学革命到革命文学》,《创造月刊》第1卷第9期,1928年2月1日。

引起多少异议。不仅郭沫若[1]等作家自称小资产阶级，他们所反对的鲁迅[2]、茅盾[3]亦是如此持论。评价小资产阶级历史方位的时候，一些作家复述了革命领袖对于小资产阶级两重性的分析。例如，钱杏邨曾经指出："这一个阶级里的人物，是可以革命可以不革命的，因为他们的生活介乎被压迫与不被压迫之间。"[4] 总之，他们要么加入劳动阶级的阵营，要么投靠大资产阶级，只不过这些作家当时还没有对"小资产阶级"这个称号感到强烈的自卑。

第四，既然如此，一个后续的问题是，这些摇摆不定的小资产阶级作家如何承担倡导革命文学的使命？换言之，他们如何弥补无产阶级的缺席？在许多人看来，受理念感召的知识分子无法与饥寒交迫的无产阶级等量齐观。这时，李初梨发表了一个引人注目的观点："无产阶级文学的作家，不一定要出自

---

1 参见麦克昂（郭沫若）《留声机器的回音——文艺青年应取的态度的考察》，《文化批判》第3号，1928年3月15日；《桌子的跳舞》，《创造月刊》第1卷第11期，1928年5月1日。
2 参见鲁迅《"硬译"与"文学的阶级性"》，《萌芽》第1卷第3期，1930年3月1日；《对于左翼作家联盟的意见》，《萌芽》第1卷第4期，1930年4月1日。
3 参见茅盾《从牯岭到东京》，《小说月报》第19卷第10期，1928年10月10日；《读〈倪焕之〉》，《文学周报》第8卷第20号，1929年5月。
4 钱杏邨：《批评与建设》，《太阳月刊》5月号，1928年5月1日。

无产阶级,而无产阶级出身者,不一定会产生出无产阶级文学。"[1] 反击种种质疑的时候,李初梨援引列宁的论述证明知识分子如何充当革命先锋:无产阶级的社会主义意识并非自发地显现,而是由知识分子从外部注入。所以,"中国现阶段底普罗列塔利亚文学,本来是中国普罗列塔利亚特在意识战野这方面底一枝分队,所以严密地说来,它应该是无产阶级前锋底一种意识的行动,而且能够担任这种任务的,在现阶段,只有是革命的智识阶级。所以对于普罗列塔利亚文学底作家的批评,只能以他的意识为问题,不能以他的出身阶级为标准"[2]。然而,许多人有意无意地认为,观念的转换并非阶级血统的真正转换。小资产阶级投身革命的坚定性之所以令人怀疑,观念与阶级血统之间的差距是一个重要原因。实际上,这种怀疑从来就没有消失。

第五,可以将这个追问视为上述怀疑的组成部分:小资产阶级知识分子的革命启蒙及其动力从何而来?如果说持续的贫困是无产阶级揭竿而起的首要理由,那么衣食无虞的小资产阶

---

[1] 李初梨:《怎样地建设革命文学》,《文化批判》第2号,1928年2月15日。
[2] 李初梨:《自然生长性与目的意识性》,《思想》第2期,1928年9月15日。

级知识分子为什么愿意承担牢狱之灾，甚至出生入死？李初梨曾经认为，"中国一般无产大众的激增，与乎中间阶级的贫困化，遂驯致智识阶级的自然生长的革命要求"[1]。然而，许多事实证明，大批知识分子远在经济威胁真正降临之前就已经投身于革命。他们并非陷入生活的绝境而被迫应战。知识分子的新型思想如何发生，以至于他们可以克服警察和特务制造的恐怖，心甘情愿地将无数陌生人的解放视为自己一生的事业？

关于"革命文学"的论争并未对这个追问表示更大的兴趣。

二

"革命文学"论争有相当一部分内容是争夺"革命斗士"的称号。小资产阶级知识分子皈依革命仿佛天经地义，他们无暇回忆自己的初始触动以及为什么接受激进的革命学说。相对于无产阶级，小资产阶级产生革命冲动的特殊原因遭到了遮蔽，包括他们的文化环境、革命的想象和期待以及实践方式。

1　李初梨：《怎样地建设革命文学》，《文化批判》第2号，1928年2月15日。

这个阶级的成员如何挑选自己的历史角色？我试图从文学——亦即从虚构、想象乃至无意识之中——发现历史解读的线索。鉴于一个世纪左右的时间跨度，我挑选了几个时间节点的若干小说。

茅盾的《蚀》三部曲——《幻灭》《动摇》《追求》——于"革命文学"论争前夕在《小说月报》连载。如同标题所示，三部曲展现了一批小资产阶级知识分子如何沉浮于革命大潮。《幻灭》中的静女士从寂静乃至麻木的乡村来到喧嚣的上海，身不由己地卷入革命。然而，静女士的革命与其说来自深刻的阶级体验，毋宁说由于都市文化气氛的裹挟。她客居于上海的一个出租房，日常生活的内容无非是短暂的课程和几个青年友人的聚谈。她既厌烦上海灯红酒绿的纷乱，又无法忍受独居的孤寂。"五四"时期个性解放形成的观念是，自由恋爱乃是追求平等的一个组成部分。在静女士及其周边的群体中，恋爱与革命的确交织为一体，品尝禁果与叛逆的快感是二者的共有特征。无论是深宅大院中的淑女、门当户对的传统婚姻，还是碌碌无为的相夫教子，无论是大都市珠光宝气的市侩做派，还是不无病态的颓唐消沉，恋爱与革命是甩开所有枷锁的通用手段。反常规、动荡、居无定所，不再有长辈喋喋不休的唠叨，这一切无不吻合着青春生命的躁动节奏。无视世俗礼仪的性角逐，炽热的情话和接吻，不无危险的集会、游行和纪念活动，收集种种新名词辩论国家形势与人生的意义，进入医院照料前线来的伤员，只有这些不同凡响的行为才没有辜负时代赋予的奇特人生。

当然，静女士的恋爱与革命背后混杂了多种时髦的观念，如自由、浪漫、青春活力、进步和现代等，所谓的阶级话语并未占有多大的分量。静女士的恋爱与革命并非严格执行无产阶级的指令，更像是抒发年轻躯体积存的炽烈激情。人们可以在相同的意义上解释静女士的"任性"：她可以因为心情烦闷、身体不适、恋爱受挫以及各种琐碎的个人原因而擅自放弃工作。静女士并未承诺献身于某一个阶级的组织机构，"个性"可以堂而皇之地解释她的摇摆。同时，她的去留与未来的生计无关——这些现象无不显示了小资产阶级知识分子革命经验的性质：敏感、愤怒、尖锐、脆弱，疾速地燃烧和冷却。

路翎的《财主底儿女们》完成于20世纪40年代，胡风形容这部小说的出现是"中国新文学史上一个重大的事件"[1]。

---

[1] 胡风：《〈财主底儿女们〉序》，载林莽编《路翎文集》第1卷，安徽文艺出版社1995年版，第1页。

这部小说涌动着某种勃然的力量，犹如革命赋予的不驯激情。"财主"蒋捷三显然是一个巨富，但他的子女是新型教育的产物——他们毋宁说是以小资产阶级的身份参加革命的。在《财主底儿女们》中，蒋家的下一代并没有正面卷入无产阶级与资产阶级的殊死搏斗。小说展示的焦点是他们如何冲出家庭乃至家族的囚牢，纵情呼啸于广阔天地。当财产、亲人转化为沉重的精神枷锁之后，革命不得不从身边开始。这时，革命制造的内心创痛远远超过阶级对决之际的激愤。《财主底儿女们》仅仅显现了小资产阶级革命的前半段，路翎并没有将蒋家的下一代真正送入无产阶级的队列。这仿佛再度表明，他们的革命远在清晰的阶级认识之前就已经发生。

20世纪50年代，杨沫的《青春之歌》终于续上了小资产阶级革命的后半段。一身素白的林道静逃离后母设计的可鄙圈套，拒绝了婚姻背后的交易。毅然与家庭决裂是林道静革命的开始。尽管她的生母是穷山沟里的一个砍柴姑娘，但在很长的时间里，林道静并未从母女的血缘关系背后察觉自己的阶级血统。短暂的爱情之后，她迅速发现自己的"诗人兼骑士"是一个庸俗的小人。地下党卢嘉川的教育促使她再度冲出了狭小的家庭。这时，林道静的理想逐渐从"一个高尚的灵魂"汇入无产阶级的队伍。始于个人反抗，终于阶级的觉悟，一个完整的革命轨迹宣告完成。

然而，20世纪90年代，小资产阶级革命的文学想象再度出现了某些意味深长的改变。家庭乃至家族又一次挤到了阶级前面，例如陈忠实的《白鹿原》。《白鹿原》聚焦于传统的宗族文化——儒家意识形态的标本——与现代革命之间的冲突。换言之，这是祠堂与"主义"的较量。对于冲出白鹿原投身革命的年轻一代说来，新型学堂的知识启蒙远比阶级话语重要。如何跨入历史？白、鹿两家后人的第一步是挣脱家族内部长辈的专制掌控，而不是挥戈指向敌对阶级。至少在加入革命的初期，他们的共同敌手是本阶级的族长白嘉轩。事实上，不同阶级之间的重大分歧——从政治主张、斗争目标到具体任务、运行机制——并未引起他们的足够重视。白、鹿两家后人中的一对情侣竟然以掷硬币的方式决定加入共产党还是国民党。他们心中，共产主义和三民主义的差异似乎无足轻重。尽管阶级的选择决定了每个人的结局，然而是文化知识——而不是某一个阶级生产资料的占有方式——为他们推开了革命的大门。

当然，革命的主题从未从王蒙的文学写作中销声匿迹。事实上，《恋爱的季节》《失态的季节》《踌躇的季节》《狂欢的季节》——王蒙发表于20世纪90年代的四部带有自传意味的长篇小说——又一次开始回忆革命。描述年轻革命者的时候，王蒙不仅将打破家庭的桎梏置于阶级反抗之前，而且他的各种例证引入了一个开阔的历史视野。我曾经发现，考察王蒙小说的众多主人公为什么投身革命是一个相当有趣的问题：

> 一系列版本相近的革命故事之中，人们没有发现那种不堪忍受的阶级压迫和苦大仇深导致的激烈反抗。钱文之所以倾心于左倾、革命和激进的共产主义，首要原因是他父母的吵架斗殴："他恰恰是从他的父母的仇敌般的、野兽般的关系中得出旧社会的一切都必须彻底砸烂，只有把旧的一切变成废墟，新生活才能在这样碎成粉末的废墟中建立起来的结论的"；洪嘉的继父朱振东是因为遇上了一个"豁唇子"的媳妇而跟上了八路军；朱可发——曾经是小镇子澡堂里的跑堂——的革命经历更为可笑：因为窥视日本鬼子男女同浴而被发现，他不得不出走投奔八路军；章婉婉由于学业成绩突出而引起了学校地下党负责人的关注；郑仿因为反感絮絮叨叨的耶稣教义而转向了共产主义思想；饱读诗书的犁原是在大学里的一位青年老师带领之

下奔赴延安……总之，王蒙的笔下没有多少人亲历剥削阶级的压迫和欺凌——许多人的阶级觉悟毋宁说来自一批进步读物。尽管如此，"条条大路通革命"仍然是一句意味深长的形容。这时，革命的内容已不仅仅是一个阶级推翻另一个阶级；更大的范围内，革命意味的是投身另一种全新的生活。无论每一个人的具体遭遇是什么，只要他企图冲出陈旧的生活牢笼，革命就是不可避免的选择。[1]

如果说无产阶级的革命是一种必然——无产阶级革命赢得的是生存空间，那么小资产阶级革命赢得的是文化空间。至少在当时，革命、进步文化和青春、激情互为震荡。中间地带的小资产阶级不由自主地转向"左倾"，转向无产阶级阵营，这种动向表明革命正在成为历史的大趋势。

三

根据德里克的考察，20世纪20年代初期，许多中国知识

---

[1] 南帆：《后革命的转移》，北京大学出版社2005年版，第43—44页。

分子接受了马克思主义唯物史观，但历史中的阶级关系并未获得足够的重视。[1]或许可以补充说，即使开始娴熟地运用阶级这个概念，知识分子意识之中的个人受到的不公待遇仍然远远超过阶级的压迫。他们可能因为某些见闻、经历热泪盈眶或拍案而起，但种种爱与恨并没有及时地转换为阶级的故事。换句话说，这些知识分子的"革命"接受的是启蒙话语的潜在支配，而不是遵循阶级话语。尽管他们时常激昂地谈论国家、阶级、劳苦大众，但他们真正关注的是个人的自由解放。启蒙话语与阶级话语之间的差距延续至今。蔡翔曾认为，没有理由混淆"革命"与"现代"。尽管"革命中国"拥有世界性的背景，但是，"这一国际或世界的根本性质是无产阶级的，这就决定了'革命中国'和'现代中国'的价值取向上的不同差异，包括它拒绝进入资本主义的世界体系。这一差异主要表现在它从'民族国家'力图走向'阶级国家'；下层人民的当家做主，从而创造出一种新的尊严政治；对科层制的挑战和反抗；一种建立在相对平等基础上的新的社会分配原则，等等。这一切，

---

[1] 参见[美]德里克《革命与历史：中国马克思主义历史学的起源，1919—1937》，翁贺凯译，江苏人民出版社2008年版。

又都显示出它的'反现代'性质"[1]。在很大程度上，启蒙话语倾向于诉诸自由、平等、博爱或人道主义观念，从而想象一个公正的现代社会；阶级话语强调以阶级搏斗为表征，以无产阶级的彻底解放和无产阶级专政为目标。显然，知识分子投入革命所遭遇的尴尬不得不追溯到这种差距。

"五四"新文化运动时期，知识分子常常不知不觉地以启蒙者自居。他们共同认为开启民智乃是当务之急。鲁迅对于民众的愚昧和麻木痛心疾首，国民性的改造——尽管"国民性"这个概念存在争议[2]——是他孜孜以求的目标。鲁迅在《〈呐喊〉自序》中回忆起刻骨铭心的"幻灯片事件"，并且接受了一个友人的观点：文学的启蒙或许有望惊醒铁屋子里昏睡的人们。然而，尽管鲁迅以笔为旗不竭地呐喊，他的内心时常产生深刻的自我怀疑。鲁迅在《狂人日记》中满怀疑惑地问道："没有吃过人的孩子，或者还有？"[3] 他不惮于承认，自己或许曾经充当了"吃人"队伍之中的一员。他的《一件小事》质疑的

---

1 蔡翔：《革命／叙述：中国社会主义文学—文化想象（1949—1966）》，北京大学出版社2010年版，第5—6页。
2 参见刘禾《语际书写——现代思想史写作批判纲要》，上海三联书店1999年版。
3 鲁迅：《狂人日记》，人民文学出版社2002年版，第18页。

是知识分子的道德和人格：那些自私猥琐的知识分子有资格傲慢地充当民众的启蒙者吗？

然而，当阶级话语兴起以及盛行之后，诸如此类的怀疑无不纳入阶级谱系给予解读。无产阶级的大公无私、资产阶级的唯利是图以及小资产阶级的自私狭隘成为阶级解读的常用代码。由于小资产阶级的身份，知识分子不可能担任革命的领路人，相反，他们必须将无产阶级视为楷模，甚至亦步亦趋。20年代的"革命文学"论争中，郭沫若的《英雄树》使用了一个比喻——留声机，认为知识分子要尽快收起自己的"破喇叭"，认真地复述无产阶级革命者的声音。[1] 在《留声机器的回音——文艺青年应取的态度的考察》中，他又进一步阐述了这个观点：

> 我们现在处的是阶级单纯化，尖锐化了的时候，不是此就是彼，左右的中间没有中道存在。
>
> 中国现在的文艺青年呢？老实说，没有一个是出身于无产阶级的。文艺青年们的意识都是资产阶级的意识。这

---

[1] 参见麦克昂（郭沫若）《英雄树》，《创造月刊》第1卷第8期，1928年1月1日。

种意识是甚么？就是唯心的偏重主观的个人主义。

不把这种意识形态克服了，中国的文艺青年们是走不到革命文艺这条路上来的。

……

1. 他先要接近工农群众去获得无产阶级的精神；

2. 他要克服自己旧有的资产阶级的意识形态；

3. 他要把新得的意识形态在实际上表示出来，并且再生产地增长巩固这新得的意识形态。[1]

20世纪40年代，毛泽东的《在延安文艺座谈会上的讲话》显示了革命领袖对这个问题的政治关切：知识分子必须摆脱"灵魂深处"的小资产阶级王国，"一定要把立足点移过来，一定要在深入工农兵群众、深入实际斗争的过程中，在学习马克思主义和学习社会的过程中，逐渐地移过来，移到工农兵这方面来，移到无产阶级这方面来"[2]。当然，这并非易事。严格

---

[1] 麦克昂（郭沫若）：《留声机器的回音——文艺青年应取的态度的考察》，《文化批判》第3号，1928年3月15日。
[2] 毛泽东：《在延安文艺座谈会上的讲话》，载《毛泽东选集》第3卷，人民出版社1991年版，第857页。

地说,"立足点"转移的内在意义远远超出了收集和熟悉文学材料,促成若干文学杰作的问世。革命领袖对于知识分子的期待是,放弃小资产阶级文化,续接无产阶级的血统,从而成为革命队伍的组成部分。这时,人们可以察觉一个意味深长的历史颠倒:国民性改造已经变成了改造知识分子。文学不再赋予知识分子启蒙者的角色;相反,新型的文学主题是知识分子如何置身于工农大众脱胎换骨,赢得新生。丁玲的《太阳照在桑干河上》和周立波的《暴风骤雨》均出现了遭受大众鄙夷的知识分子形象。在许多小说或戏剧中,那些脸上挂了一副眼镜的迂夫子时常因为不谙世事而闹出各种笑话;更为严重的时候,知识的增长成为他们蔑视大众的理由,甚至摇身一变充当卑劣的叛徒。如此集中的文学想象表明,很长的时间里,小资产阶级知识分子的改造并未达标。无产阶级阵营的栅门始终没有向他们完全敞开。文学想象之外的历史事实是:20世纪50年代下半叶开始,知识分子开始屡屡受挫。他们的小资产阶级身份始终是无法饶恕的罪过。王蒙、张贤亮、李国文、从维熙等一大批作家纷纷在"反右"运动中陨落。"文革"开始后,众多知识分子迅速被设置为革命的对立面;"工宣队"作为无产阶级的代表进驻学校,接管教学机构,并且主持"教育革命"。

总之，尽管小资产阶级知识分子对于革命的口号充满敬畏．但他们只能游离于革命主力的圈子之外，可望而不可即。

为什么小资产阶级知识分子的革命意愿迟迟不能赢得充分的信任？多数时候，理性分析是知识分子群体的首要特征。革命不仅涉及对国家、民族、时代的理解和解释，而且决定每一个人如何自处——政治上的"左倾"或右倾，行动上的叛逆或安分。革命带来的是彻底的颠覆，他们不会轻佻地将如此高危的行为视为儿戏。因此，为什么革命以及如何革命，这些举足轻重的问题必然包含慎重的权衡而不仅仅因为一时激愤，只不过这些权衡依据的是个人境遇而不是阶级话语。或许，恰恰由于模糊的阶级身份无法提供天然的革命动力，20世纪二三十年代的知识分子曾经展开多向的思想探索，从事各种革命实践——他们首先必须获得说服自己的理由。《财主底儿女们》中，蒋少祖和蒋纯祖曾经拜谒陈独秀、汪精卫，追求不同的思想线索；同时，他们在写作、办报、教书、演出、看护伤员乃至心血来潮式的恋爱中热烈地燃烧自己，竭力把自己塑造为一个挣开了传统枷锁的新型青年。当然，他们时常遭受自我怀疑的纠缠，怀疑自己的激进程度和不竭的革命动力，并且在忏悔中变本加厉地修复坚决的姿态。显而易见，这种自我怀疑来自知识分子的"原罪感"——人们可以在俄罗斯文学中发现相似的苦恼,例如法捷耶夫的《毁灭》、阿·托尔斯泰的《苦难的历程》,或者帕斯捷尔纳克的《日瓦戈医生》。尽管多向的思想探索和各种革命实践可以解读为知识分子力图为自己的行为负责,但他们仍然无法塑造一个坚定的革命者形象。小资产阶级的烙印表明,他们只能扮演革命外围的一些患得患失的动摇分子。对于一大批20世纪的中国知识分子来说,这个事实几乎是无法痊愈的精神创伤。

20世纪80年代后,王蒙、张贤亮、李国文、从维熙等作家的小说表明,知识分子的精神创伤如此严重,以致他们基本丧失了思想探索的活力和知识资源。"阶级"逐渐成为证明一切的范畴,缺乏无产阶级的身份不啻致命的政治缺陷。"小资产阶级"亦即"准资产阶级"乃至"资产阶级",这个概念的陡坡下面是一个可怕的深渊。巨大的恐惧中,这些知识分子的故事仅仅剩下委屈的申辩和维持如何活下去的勇气。从改造的对象贬为革命的对象,他们再也没有资格考虑为什么革命以及如何革命了。

四

不论雷蒙·阿隆可否归入保守的右派阵营,他的《知识分子的鸦片》对于革命肯定持贬抑的态度。有趣的是,阿隆否定知识分子卷入革命的一个理由是,他们只能看到革命的"诗意"或"审美"。在他看来,某些赞赏革命的知识分子缺乏理性而仅仅迷醉于意气风发的浮华表象:"改革使人厌倦,而革命却令人激动。前者庸常乏味,后者却诗意盎然"[1];他们渴望革命"摧毁了一个平庸的或可憎的世界"[2],"更重审美而不是理性的思想"[3]。总之,这些知识分子对待复杂的政治制度如同对待浪漫的艺术:"艺术家揭露庸俗的人,而马克思主义者则揭露资产阶级。他们可能自以为会在反对共同敌人的共同战斗中团结一致。艺术上的先锋派与政治上的先锋派有时会梦想为了

---

1 [法]雷蒙·阿隆:《知识分子的鸦片》,吕一民、顾杭译,凤凰出版传媒集团、译林出版社2005年版,第42页。
2 [法]雷蒙·阿隆:《知识分子的鸦片》,吕一民、顾杭译,凤凰出版传媒集团、译林出版社2005年版,第48页。
3 [法]雷蒙·阿隆:《知识分子的鸦片》,吕一民、顾杭译,凤凰出版传媒集团、译林出版社2005年版,第221页。

共同的解放而进行共同的冒险。"[1]

必须承认,阿隆的形容并非完全虚构。激进,狂热,冒险与盲动,任性与一意孤行,华而不实与草率的无政府主义,这些表征往往被视为小资产阶级知识分子的通病。然而,在我看来,与其在阶级性质的意义上追溯这些表征与小资产阶级的联系,不如考察启蒙话语如何造就知识分子如此特殊的文化性格。

古典社会终结之际,启蒙话语催生的年轻一代具有一种强烈的情结:拒绝平庸的人生。对于他们说来,人生的意义是一个绕不开的问题。年轻一代必须冲出冰冷的深宅大院或温情脉脉的小家庭闯进动荡的社会,否则,庸碌无为的一生是可耻的。毫无激情的苟延残喘乏味无比,灼亮地燃烧过的生命三十岁就够了。的确,他们迷恋诗,迷恋壮怀激烈,迷恋浪漫的风姿,迷恋理想祭坛上的牺牲。这时,革命风暴如期而至,一个异乎寻常的时代正在向他们提供实现种种壮举的机会。

这种解释没有涉及生产资料的占有、阶级地位和复杂的社会关系,而是从启蒙话语转向了精神分析学。政治权力与经济

---

[1] [法]雷蒙·阿隆:《知识分子的鸦片》,吕一民、顾杭译,凤凰出版传媒集团、译林出版社2005年版,第43页。

利益的博弈之外，革命同时是一个巨大的心理事实。革命的心理解读可能察觉丰富的内涵，例如怨恨、动员、舆论、催眠、群体与力比多、领袖的超凡魅力、狂热的模仿、集体暴力、个人力量魔术般的放大、创世的感觉，等等；另一方面，革命之后的厌倦感可能突如其来地降临，革命所驱除的传统观念又会悄悄地返回，例如宗教和古老的伦理观念。王安忆的《启蒙时代》——出版于21世纪之初——的一个片段描述了革命如何制造年轻一代的心理升华。这个片段是一场父子交谈，他们严肃地交换对于革命的看法。父亲承认自己是一个小资产阶级知识分子，经常左右摇摆、进退失据。但提到人民给予知识分子的启迪时，他的表述迥异于传统观念：

  这是个好问题。父亲说：我想，这是一个时代的际会，你知道，"人民"这个概念。你当然知道，这于你们是天经地义的概念，与生俱来，而在世纪初，简直是振聋发聩！那些烂了眼窝的瞎老婆婆、给牛踢断脚杆的老倌、饥荒年里裸着背上的大疮口要饭的乞丐、鸦片烟馆里骷髅似的瘾君子，那些像蛆虫一样活着的、称不上是人的人，忽然变得庄严起来，因为有了命名——人民，也可以说是民众。

于是，我们的抑郁病——这是世纪初青年的通病，一种青春期疾病吧，我们的抑郁病就扩大成为哀悯，对人民的哀悯——抑郁病升华了……父亲笑了笑，接着说：这也许可以说是一种幸运，亚热带湿润季风气候的幸运，它提供给青春期抑郁病更多的资料，来自于更广大的人世间，这有效地挽救了虚无主义；革命是虚无主义的良药，因为以人民的名义，"人民"将我们这些小知识分子的抑郁病提升到了人道主义；现在，人民也要来拯救你了……当人民强壮起来，我们的哀悯没了对象，抑郁就又还原到病态的症状。[1]

如同抑郁或者哀悯打破了波澜不惊的凡俗日子，诗意或审美是摆脱庸常人生的强大情绪。当诗意或审美成为行动的指南时，小资产阶级知识分子仅仅注视革命显现的奇异景观，注视那些明亮瑰丽的乌托邦，对于革命实践中众多繁琐的细节则不屑一顾，只有前者才能吻合他们向往的奔放人生。所以，小资产阶级知识分子的狂热、冒险往往带有某种表演的成分；如果

---

[1] 王安忆：《启蒙时代》，人民文学出版社2007年版，第307—308页。

可以在舞台上展示一个惊世骇俗的精神姿态，慷慨赴死并不是多么困难的事情。作为启蒙话语的信徒，他们并没有真正意识到无产阶级的使命是从事一场漫长的革命：推翻一切剥削阶级，捣毁维护剥削阶级的国家机器，夺取并且巩固无产阶级自己的政权。如果说无产阶级使命的实现既包含了气势如虹的汹涌浪潮，也包含了组织严密的无声行动，既有宏伟壮观的大战役，也有不计其数的具体事务，那么小资产阶级知识分子往往倾心于令人瞩目的潮头而不是一块默默无闻的基石。换言之，他们热衷的是自己耀眼而崇高的人生，而不是革命工程内部的某个平凡无奇的基础项目。

因此，在茅盾的《蚀》或者路翎的《财主底儿女们》中，革命的主人公似乎有些焦点模糊。《蚀》的静女士、方罗兰、孙舞阳、王仲昭、曹志方、章秋柳，或《财主底儿女们》的蒋少祖、蒋纯祖们不乏激情、勇敢和犀利的见识，但他们的性格是借助自由乃至放纵的私人生活给予证明，而不是严峻的阶级搏斗。在这个意义上，《青春之歌》中林道静成长史的描述迈出了重要的一步。相对于茅盾和路翎塑造的那些启蒙话语的实践者，林道静拥有一个阶级战士的形象。虽然她卷入革命的路径与许多小资产阶级知识分子如出一辙，然而，她幸运地跨入无产阶级的门槛并接受特殊的政治淬火。"阶级战士"这个称号表明，林道静不再迷恋启蒙话语包含的那些庄严的大概念，或者沉溺于个人英雄主义式的无谓冒险，无产阶级的使命成为她的远大目标。

《青春之歌》赢得的广泛赞誉表明，林道静的轨迹是文学为改造小资产阶级知识分子设计的标准路线。尽管如此，启蒙话语始终对于文学存在隐秘的诱惑。人们不时在文学中嗅到某种奇特的气息，那些带有"小资产阶级"标记的人物出场之后通常不会被认错。茹志鹃的《百合花》在战地通讯员的枪筒里插上一枝野菊花，作家的轻巧点缀流露出几丝不俗的诗意情调；王蒙的《组织部新来的年轻人》允许林震喜爱《拖拉机站站长与总农艺师》这种小说，并且提到了夜色里槐花的香气；邓友梅的《在悬崖上》中，一个过分活跃的年轻女性竟然向有妇之夫显示出性的魅惑；宗璞的《红豆》表明，女革命家的内心并没有真正遗忘当年浮动于钢琴声中的那段错误的恋爱……当然，相当长的时间里，文学只能战战兢兢地接纳小资产阶级人物的到访。每当这种奇特的气息悄然开始浮动，批评家恼怒的讨伐总是接踵而来，他们的职责是运用钢铁一般的词句阻止种种不良的文化物种混入文学领地。

20世纪80年代，"小资产阶级情调"的解禁必须追溯到一个重要的历史事实：知识分子的名誉开始恢复。这时，诗、音乐、绘画构成的文化气氛普遍流转于客厅、走廊、办公室和各种公共领域，工农大众的粗豪渐渐丧失了审美领导权。对于文学说来，若干风格独异的女作家扮演了解禁的先锋，例如舒婷、张辛欣、刘索拉。90年代之后，林白、陈染似乎更为"放肆"——她们的作品不约而同地推出了一个孤独的女人：纤弱、敏感、神经质，拥有奇特的性观念或不凡的恋爱经验，丝毫不在乎周围世俗分子的窃窃私语。这时，所谓的"诗意"或"审美"的个人姿态不再成为忌讳，女性的温情、细腻、尖利以及出格的性爱方式形成了令人震惊的冲击。

如果说启蒙话语推崇的个性解放可以普遍地解释这些女作家的醒目风格，那么小资产阶级与革命的联系远为复杂。远在作为先锋作家的时候，格非就开始谋求革命历史与"小资产阶级情调"的文学交织，例如《迷舟》。破碎的经验、不可知的神秘、命运之网、异常的性爱——诸如此类的元素散落在革命的历史中，甚至隐蔽地改变了革命叙述一往无前的气势与节奏。尽管如此，格非的《江南三部曲》在二十多年之后才开始大规模地处理这个主题：小资产阶级革命的激进与脆弱。《人面桃花》中的革命如同书生意气、畸恋与乡村版乌托邦的混合;《山河入梦》的谭功达迟迟无法投入轰轰烈烈的城市建设,他梦游一般地徘徊于粗俗的婚姻与一段若即若离的爱情之间,直至身陷囹圄;《春尽江南》如同小资产阶级知识分子的后现代遭遇——他们在一个实利主义的时代节节败退,继而颓唐地游荡在社会的边缘。回想一个世纪左右的历史,这是一个愈来愈清晰的事实:小资产阶级既没有完成所谓的启蒙话语,也没有成为合格的无产阶级战士。他们在大部分时间里蹉跎于二者之间,左顾右盼,不知所措。

这时,人们已经没有理由回避另一个后续的问题:既然小资产阶级仅仅是革命边缘的同路人,为什么文学始终割舍不下?文学时常冒险越过批评家设置的防线接触可憎的小资产阶级趣味,这如同一种意味深长的文化症候。如何从这种文化症候背后解读理性压抑的无意识?在我看来,文学似乎一直断断续续地试图叙述一个隐晦的故事:那些天真幼稚的小资产阶级启蒙话语背后,是否存在阶级话语遗漏的某些重要内容?

五

革命多半是历史上震撼人心同时又线索分歧的重大事件，各种视角的评论往往经久不息。某些来自事件外部的观点倾向于宏观的整体性描述，继而形成"告别革命"或者"反现代的现代性"这种大型命题；相对地说，文学的视野更为适合革命内部的种种复杂经验，显现某些理论描述未曾企及的盲点。

气势磅礴的革命如何叙述渺小的"个人"？这是一个令人为难的理论纠葛。阶级是一个理所当然的共同体，阶级性无可非议地决定了个人性格。革命阵营内部，无视无产阶级共同体的个人性格时常被形容为危险的"个人主义"；脱离阶级队伍的"个人主义"意味着落后、散漫或模糊认识。人们往往从两个向度清算"个人主义"的原罪：首先，原子式的个人只能是一盘散沙，民族与国家的积贫积弱在很大程度上源于这种状态；其次，"个人主义"与私有财产密不可分——相当长的时间里，私有财产与无产阶级的追求南辕北辙。因此，无论是人物的脾性、语言措辞、服装款式，还是独特的写作探索、"小众化"的精英趣味，"个人"代码所能涉及的现象，无不可能面临革命的严厉谴责。王蒙的《恋爱的季节》中，当年机关里的年轻人甚至集体如厕，并排蹲在粪坑上商议工作和漫谈周围的人事。他们自觉地放弃任何私人空间，每一个人都生怕被排除在集体之外。他们甚至觉得，恋爱与婚姻制造的小家庭也会成为一个令人担忧的区域。

小资产阶级文学的一个不良标志即是"个人"。那些知识分子热衷于向文学索取一个多愁善感的"内心"：忧郁、愁怨、伤春悲秋、犹豫不决、心胸狭隘、睚眦必报，甚至自以为是地炫耀大众无法察觉的"诗意"。当然，这种审美式的个人主义时常遭到革命的鄙视。革命承诺的是阶级或者社会的普遍解放，呼啸而过的大众无暇停下脚步，呵护那些面容苍白的落伍者。无产阶级革命相当程度地接受了这种观念：过多的"内心"犹如过多私有财产——这种心理财产可能成为资产阶级意识形态的藏身之地。资产阶级的私人财产来自商业、市场的经济体制，一个多愁善感的"内心"来自优渥的家境和良好的文化教育。如果强烈的革命光芒无法照亮这个死角，资产阶级意识形态将乘虚而入，迅速地发酵。批评家之所以持续地打击所谓的"内心"、"孤独"、怪异的文学风格以及独树一帜的表述方式，真正的目的是杜绝个人主义的泛滥。

阶级话语成为不可冒犯的纲领——阶级成为不可抗拒的超

级概念之后，个人丧失了所有的意义。阶级开始表达自己的意志时，个人不再充当思想的单位，不再拥有独立的人格以及独特的感受、情绪和欲望，也不再保留申辩的权利。个人的肉体之躯甚至成为一种可耻的存在。这时，一个举足轻重的问题不可避免地浮现出来：谁有资格代表阶级？他将以何种形式保证阶级意志及其否决权不会被滥用？如何防范操纵阶级的声望满足卑鄙的一己之私？如果阶级话语对于任何个人权利不屑一顾，那么另一种不平等很快会尾随而至。然而在相当长的时间里，这些观点遭到了理论的屏蔽。启蒙话语只能借助文学曲折地表露某种隐蔽的诉求：阶级的解放必须惠及个人的解放，那些伤春悲秋的"诗意"乃至低沉的忧郁和愁怨同样在解放的图景中占有一席之地。

相对于屡禁不绝的"个人"，文学的另一个动向隐含了更为复杂的悖论：革命手段之中的道德问题。张炜的《家族》描绘了一个似曾相识的故事：革命理想的感召之下，曲府和宁府两个家族的年轻一代抛弃了祖先的财产投身于革命。从道义的声援、财物的接济到置身于革命队伍，他们真诚地付出了一切。可是，周围的革命同志仍然报以怀疑的眼光，秘密地拘禁他们的亲人作为诱捕的诱饵，逼迫他们签署文件处决抚养自己的长辈，让他们不得不接受种种残酷的"考验"。许多时候，"考验"的另一个目的是封堵小资产阶级退出革命的后路。即使如此，他们并未在革命胜利后赢得应有的荣誉。如影随形的怀疑依然如故，故事只能止步于感叹和唏嘘之中。形形色色的革命者曾运用不同的策略和战术达到自己的目的。然而，许多革命者毫无忌讳地动用各种不可告人的权术对付并肩的战友，这时常成为一个难以启齿的暗伤。现今，文学对于道德问题的检索潜藏了某种精神质量的期待——启蒙话语的另一个主题。

当然，人们没有理由忽略漫长的革命必须承受的巨大压力。如果这种革命以夺取政权、推翻统治阶级为目标，革命者不得不对抗强大的国家机器。革命队伍的分化瓦解迫使革命者必须以百倍的警惕提防隐蔽的敌人。构思一个没有血污、暴力和种种谋略的革命，仅仅是小资产阶级一厢情愿的幻想。阶级对决的大是大非无法演绎为一个步骤公平而透明的游戏。从经费筹措、人员考察到刺探情报、兵力部署，宏伟的历史目标允许容纳某些不宜公开的诡计。然而，那些始于启蒙话语的小资产阶级知识分子仍然不会忘记，平等与个人的道德完善曾经是他们革命的初始诉求。因此，这种疑虑不可能轻而易举地消失："如果革命实践的负面因素大幅度膨胀，革命的魅力会不会急剧缩减？如果革命的理想蓝图不断地延宕，如果残酷的操作手段逐渐形成司空见惯的日常，那么，持续的异化和颠倒终将危及革命的信念——人们根据什么相信，污浊的沼泽背后必定存在一片祥和的高地？"[1]

革命内部的各种暗流多半会延续到赢得政权后的第二天。种种不义之举由于曾经奏效而被引申为工作常规，革命的初衷、声誉以及后继的成效必将遭到严重的损伤。事实上，革命的合法性迟早必须由革命阶级的道德质量予以证明。手段至上的机会主义不可能走多远。如果革命队伍寄生了众多言不由衷的伪君子，他们无所忌惮地将公正、节操、襟怀坦荡视作幼稚的书生意气，娴熟地利用谎言、投机和挟私报复争取名利，甚至构造新型的等级制度，这时，人们必然会重新想起启蒙话语设计的社会图景。

也许，现在是重提社会成员精神质量的时候。之所以使用"社会成员精神质量"而不是简明地称之为"人的精神质量"，力图避免的是普遍人性的理论陷阱。社会成员这一称谓业已内在地包含了时间、空间和社会文化条件。社会成员的精神状态

---

[1] 南帆：《文学、家族与革命》，《文学评论》2013年第1期。

曾经是"五四"时期的重要话题，然而迅速成熟的阶级话语很快接管了这个话题的论证方式——哪一个阶级社会成员的精神质量？

无产阶级革命的未来预期不仅是造就一个没有剥削和压迫的崭新社会，同时还致力于造就一代新型的社会成员。如果没有新型的社会成员助阵，传统的痼疾很快会故态复萌。当然，这种预期包含的一个设想是，革命必定是教育大众的不可多得的形式。所谓的"救亡压倒启蒙"显然是一种偏见，革命不就是最好的启蒙吗？远大的革命理想，苦其心志、劳其筋骨，这些因素无一不是社会成员磨砺精神的特殊条件。社会成员的精神质量必将在革命之中成熟。

文学提供的例子是乡村和农民。农村包围城市的革命策略获得了举世闻名的成功，土地革命颠覆了历代因循的古老制度。然而，大半个世纪的时间里，农民的精神质量并没有预想之中的飞跃。作为"乡土文学"的一个著名的当代继承者，贾平凹的农民形象与鲁迅的农民形象不存在明显的精神距离。当乡村的"空心化"愈演愈烈的时候，贾平凹忧心忡忡的是，乡村还有多少合格的人才可以承担重建的职责？

可以从贾平凹的《带灯》之中察觉这种忧虑。一个年轻漂亮的知识女性带灯进驻乡村,作为一个乡镇干部负责协调种种琐碎的乡村事务。20世纪以来,大规模进入乡村的知识分子——无论是动员农民的工作队、接受改造的阶级异己还是下乡插队的知识青年——无不表示,面容黝黑的农民不仅充当了他们由衷敬佩的政治导师,而且农民的纯朴、淳厚同时是他们为人处世的文化楷模。然而,带灯不愿意故作谦逊地认同乡村的生活观念。她不仅流露出家长式的居高临下,而且从不掩饰小资产阶级知识分子的习性——闲暇的时候她喜好阅读,一个人逛到山坡上观赏天上的浮云、遍地的野花和村子里的炊烟。诗意与审美——人们再度遇到了熟悉的顽症。可以预料,带灯与乡村无法兼容。身心俱疲之后,她的精神分裂症几乎是一个无法避免的结局。批评家当然可以拐入屡见不鲜的解读方式:这个自以为是的小资产阶级知识分子一手策划了自己的悲剧,然而贾平凹或许期待的是另一种相反的解读:农民与启蒙话语的彼此拒绝是否同时证明了乡村的某种匮乏?

不久之后,贾平凹的《老生》再度从另一个方位注视农民的精神状态。相对于《带灯》的抒情意味,《老生》的叙事风格远为沉重。《老生》不仅窥见了历史内部某些讳莫如深的线索,而且痛苦地发现了凶悍、残忍、自私和暴虐背后的文化基因。贾平凹栩栩如生地再现了革命的艰险、酷烈与泥沙俱下的一面。敌对的阵营具有远为不同的政治远景设想，但双方的斗争手段彼此相似。无产阶级远大的理想决定了革命的最终胜利，同时，双方相似的斗争手段隐蔽地沉淀下来，烙印在农民的精神状态以及乡村秩序的维护之中，构成了某些令人不安的隐患。因此，对于贾平凹说来，纯朴、淳厚仅仅部分地描述了农民的精神状态，人们没有理由对于农民的狭隘、自私、猥琐和无知视而不见。的确，阶级话语论证了革命的历史必然，但描述社会成员的精神质量，人们不得不重返启蒙话语。历史不仅显示出社会成员的精神质量正在成为一个不可忽视的主题，同时，历史还显示出阶级话语的阐述存在盲区乃至缺陷。这时，启蒙话语又一次补充了思想的给养。

　　作为启蒙话语的受惠者，小资产阶级知识分子并非革命的主力。他们毋宁是革命洪流中表现特殊的一批人。人们熟悉的阐述中，沉浮不定的经济地位造就了小资产阶级知识分子左右摇摆的两重性，文化结构的内在矛盾往往遭到了忽视。在我看来，阶级话语与启蒙话语的交汇、纠缠与冲突显然是必须追溯的另一个重要原因。尽管阶级话语始终作为一种效力惊人的魔咒为革命护航，然而启蒙话语从未彻底退出——至少还有文学。小资产阶级知识分子顽强地将启蒙话语植入文学，这个意味深长的症候不能仅仅解释为没落意识形态的残留物。历史似乎从来没有停止另一种需求的表达，络绎不绝的文学迹象不断地提醒人们正视这一点。

（原刊《文艺研究》2016年第12期）

中国当代文学史的乡村形象谱系

小　引

相对于悠久的农耕文化与农业文明，中国当代文学对于乡村的特殊关注并不奇怪。事实上，漫长的古典文学并未给乡村足够的关注，乡村题材的真正活跃是在当代文学的范畴之内。检索七十年左右的中国当代文学史，如此之多的经典名篇或者聚讼纷纭的作品均与乡村存在着不同程度的联系。由于历史的聚焦，乡村叙事仿佛突如其来地占据了文学舞台的中心。可以断言，当代文学提供的乡村空间远远超过了数千年古典文学的总和，一个醒目的乡村形象谱系存留于当代文学史中。在某种程度上也可以说，当代文学史内部存在着一部隐形的乡村文学史。

显然，当代文学重塑或者建构乡村的方式异于育种专家或者水利工程师。我曾经如此描述文学乡村的特征："乡村不仅是一个地理空间，生态空间；至少在文学史上，乡村同时是一个独特的文化空间。对于作家说来，地理学、经济学或者社会学意义上的乡村必须转换为某种文化结构，某种社会关系，继而转换为一套生活经验，这时，文学的乡村才可能诞生。"[1] 现在，我力图补充的观点是，即使在当代文学史内部，众多乡村也分别组织在不同的主题脉络之中，显现出不同的形象层面。这些乡村不仅拥有相异的叙事动力，带动不同的人物形象、社会关系、自然意象，同时还隐含了远为不同甚至相互矛盾的含义。

在更大的范围内，多义的乡村可能与形形色色的社会话题

---

1 南帆：《后革命的转移》，北京大学出版社2005年版，第170页。

相互衔接。从城乡差别、传统与现代、经济状况、社会组织形式到公民身份、劳动生产、风俗民情、艺术与娱乐，乡村无不显示了独特的经验与情感方式。伴随着文学作品的传播，乡村形象进入了更为广阔的文化网络，参与了种种对话，并且始终作为一个不可忽略的参照坐标坚硬地存在。

虽然古代的乡村疆域十分广阔，但诗人或者作家不可能完整地洞察乡村的历史面貌。从《诗经》的农事诗到明清时期的小说，乡村仅仅一鳞半爪地出现在各类文学作品之中。古代大量出现的吟咏山水的诗文表明，诗人或者作家品山鉴水的趣味十分精湛，他们的笔下曾经轻盈地掠过某些田园风光。尽管如此，乡村的社会结构始终没有得到关注、呈现，那些田园风光毋宁是士大夫仕途失意之际寄情山水的组成部分。而对于"五四"新文化运动之后的现代文学来说，乡村形象清晰了许多，同时，乡村开始具有复杂的含义。一方面，乡村可能是故乡，是乡愁萦绕的轴心，是衰老父母留守的家园，是正在遭受侵略者铁蹄践踏的肥沃土地；另一方面，乡村又意味着封闭、保守与蒙昧，乡村在不断地塑造着阿Q或者祥林嫂、九斤老太们。在"五四"知识分子以启蒙主义者自居的时候，乡村时常是他们居高临下地俯视的对象。与启蒙主题不同，叶圣陶的《多收了三五斗》和茅盾的《春蚕》《秋收》《残冬》开始接触乡村的阶级主题，不久之后，这个主题很快成熟，继而形成燎原之势。20世纪40年代，延安鲁迅艺术学院的歌剧《白毛女》显然是表现这个主题的经典之作。

如果说中国古典文学与现代文学的乡村叙事相对单薄，那么当代文学的乡村则显现出多维的丰富形象。考察当代文学史的乡村形象谱系，人们可以看到乡村与现代性之间一波三折的历史博弈，察觉乡村置身于现代文化网络承担的多种含义，展现乡村如何扮演复杂的历史角色。当然，这一切无不直接或间接地赋予了当代作家丰盛的文学想象。

一

乡村是粮食生产基地，诸多乡村的组成因素构成了粮食生产工具，这个朴素的观念很迟才被文学真正接受。这种状况甚至无声地改变了乡村叙事的文学修辞。对于中国古代文人来说，隐居草堂也好，解甲归田也罢，乡村通常仅仅是局外人眼中的一幅写意水墨画。陶渊明《桃花源记》的"土地平旷，屋舍俨然。有良田、美池、桑竹之属。阡陌交通，鸡犬相闻"[1]仍然是一幅远景；只有当诗人下地躬耕的时候，他才写得出"种豆南山下，草盛豆苗稀。晨兴理荒秽，戴月荷锄归。道狭草木长，夕露沾我衣"[2]这些具体的细节。乡村作为粮食生产工具进入当代作家的视野，乡村中各种景象的比例、远近发生了重大的调整。文学开始不厌其烦地再现"粮食"范畴之内的庄稼和农产品，诸如小麦、水稻、玉米、大豆、果树等。乡村的牛、马、驴、狗、猪、羊、鸡、鸭不再是田园风光的组成部分，而是转换为生产工具和副食品。土地和田野无可置疑地占据了文学视野的中心。根据不同农作物的生长特征，水田、旱地、黄土地、黑土地、沙包地、梯田以及林地等各种类型的田地陆续出现在当代文学之中。围绕粮食生产功能，田地的另一些组成部分以及基础设施得到了近景呈现，例如水渠、田埂、肥料以及泥土的肥沃程度。从丁玲的《太阳照在桑干河上》周立波的《暴风骤雨》、柳青的《创业史》、赵树理的《三里湾》

---

[1] （晋）陶渊明著，龚斌校笺:《陶渊明集校笺》，上海古籍出版社1996年版，第425页。
[2] （晋）陶渊明著，龚斌校笺:《陶渊明集校笺》，上海古籍出版社1996年版，第79页。

浩然的《艳阳天》到周克芹的《许茂和他的女儿们》、张炜的《古船》以及高晓声或者贾平凹的一系列短篇小说，四十年左右的时间，当代文学中乡村、土地、粮食生产的固定关系几乎没有什么改变。作品中的许多农民对于土地异常痴迷，甚至表现出不同形式的土地崇拜。不论是《山乡巨变》中的"亭面糊"、陈先晋，《三里湾》中的"翻得高""糊涂涂"，还是《创业史》中的梁三老汉，这些农民的言行无不表明，拥有土地是他们世代沿袭的至高理想。

考察中国当代文学史可以发现，相当一部分乡村叙事围绕土地构思戏剧性冲突。在很大程度上，土地是乡村生活和社会关系环绕的轴心。从地主阶级与贫农之间的土地争夺、农业合作化运动或者家庭联产承包责任制带来的土地归属变化，到耕山垦荒、填海造田、修水渠、建水库以及青年突击队、"铁姑娘"，土地与粮食派生了如此之多的作品，这两个关键词的富饶程度令人惊讶。然而，正如许多作家意识到的那样，现今土地与粮食的关系面临着深刻的转折，乡村的历史似乎正在与农耕文化告别。贾平凹的《秦腔》中，偌大的七里沟只剩下夏天义老人与一个疯子、一个残疾人在田野里忙碌；大量的年轻人义无反顾地进城务工，田园不再构成内心的羁恋。夏天智去世的时候，村子里甚至找不到替他抬棺材的人。乡村的土地要么一文不值，要么链接到另一个系统，转换为另一种财富。贾平凹的《一块土地》简练地写出了土地意象的反复变化："收了，分了，又收了，又分了，这就是社会在变化。"[1] 太爷带领一家人从狼牙刺滩上修出了十八亩田地，可是，一场火灾迫使他不得不卖掉这块土地。土地改革运动替太爷要回了十八亩地，继而传给了爷爷；人民公社再度从爷爷手里收走这块土地。太爷在世的时候每天要用脚步丈量十八亩地，爷爷甚至贪婪地吃这块土地的泥土，然而，他们的感情无法阻止这块土地所有权的持续变迁。数十年之后，十八亩地又被城市建设征用，生活在附近的农民兴高采烈地转为城市居民。此后，这块土地进入房地产的视野，拍卖会上的土地价格对于传统的粮食生产者不啻天方夜谭。这时的土地已经与乡村和农民割断了联系，产生了另一种不可思议的经济魔力。

日出而作，日落而息，寒来暑往，秋收冬藏，这构成了古往今来乡村的日常景象。粮食生产不仅维持着乡村的稳定，甚至维持着这个世界的稳定。然而，在某些特殊的年份，炽烈的

---

[1] 贾平凹：《一块土地》，《人民文学》2010年第8期。

战火可能摧毁日常景象，破坏这种稳定。兵荒马乱、别妻抛子，当代文学史曾经屡屡出现战火燃烧的乡村。这时，乡村卷入各种战事，承担不同类型战争的展开空间。聚啸山林、打家劫舍，利用山高水险的地形设计埋伏战或者阻击战，保卫革命根据地的"反围剿"，林海雪原的剿匪战役，这些战事都曾出现于当代文学之中。乡村地域空旷，既可能成为两军交火的战场，也可能成为城市攻坚战的后方，例如茹志鹃的名篇《百合花》。江南、华北或者东北的乡村存在很大差异，当代文学再现的某些战争场景显现出强烈的地域特征，例如《平原枪声》和《敌后武工队》之中频繁出现的青纱帐，或者莫言《红高粱》《丰乳肥臀》之中的高密乡。

"收拾金瓯一片，分田分地真忙。"这句诗出于毛泽东的《清平乐·蒋桂战争》，写于1929年的土地革命期间。梁斌的《红旗谱》以这个时期的历史事件为题材，小说中的战争即是以土地的争夺为目标。围绕土地的争讼与争夺，朱老忠、严志和与冯兰池之间的家族世仇终于酿成了贫农阶级与地主阶级的殊死搏斗，革命和战争以乡村为中心向四面八方蔓延。对于当代文学史来说，这是乡村谱系的重要一章：乡村的土地播下了革命的种子，乡村成为战场。

二

如果说来自乡村的粮食属于物质生产的范畴,那么乡村的精神生产则是当代文学的另一个引人注目的主题。许多时候,这个主题与"五四"新文学的启蒙主题构成了对话关系。相对于祥林嫂、闰土乃至老通宝,另一批精神气质迥异的农民形象出现于当代文学之中。《阿Q正传》里,阿Q怯生生地踱进钱府,试图参加革命,然而假洋鬼子挥了挥"哭丧棒",阿Q就惊慌地逃了出来。三十多年后的《红旗谱》中,朱老忠已经完全颠覆了阿Q式的农民形象:豪爽侠义、襟怀坦荡,敢作敢为同时又智勇双全。"燕赵古称多感慨悲歌之士",然而,朱老忠不仅是传统农民中优秀分子的代表,而且与阿Q时代远为不同的是,历史已经赋予他们担任革命主角的机遇。当然,数十年的历史洪流并未涤净农民形象之中的阿Q式烙印。不论是赵树理的二诸葛、三仙姑,还是高晓声的陈奂生,或者贾平凹小说展示的一些乡村人物,他们身上仍然明显带有猥琐、吝啬、保守、目光短浅、贪图小利、欺软怕硬等特征。尽管如此,当代作家还是很快发现,新型的农民形象已经诞生。这些农民的觉悟往往是与一次又一次席卷乡村的农民运动联系在一起的。

丁玲的《太阳照在桑干河上》与周立波的《暴风骤雨》均以20世纪40年代的"土改"为背景，张裕民、程仁或者赵玉林、郭全海都在这场运动中真正完成了自己的性格锻造。他们曾经是普通的农民，老练坚定也罢，朴实憨厚也罢，倔强不屈也罢，爽朗机灵也罢，这些表征仅仅停留于性格类型的范畴。然而，由于"土改"，这些表征被赋予阶级与革命的内涵——作为"土改"运动的中坚分子，这些表征显现出革命带头人的重要素质。在某种程度上可以说，"土改"运动叩醒了农民性格中的潜能，他们开始迅速摆脱麻木、保守与拘谨的本分，一种积极进取的精神破土而出。就促成这个重大的现代性事件而言，革命产生的功效远远超过了启蒙。

然而，大半个世纪之后，当代文学进一步察觉到历史的复杂性：叩醒农民性格之中的潜能，那些蛰伏的冲动是否可能同时隐含了某些负面能量？通常的观念中，积极进取的精神带来的正面能量被赋予革命阶级，凶悍、残忍、心狠手辣被赋予反动阶级。然而，贾平凹的《老生》显示了问题中深藏的一面。当阶级的标签不像以往那么有效的时候，一种奇特的现象逐渐浮现：一些乡村革命者的为人处世竟然与他们的阶级对手极为相似。针锋相对、睚眦必报，双方的文化性格仿佛具有相仿的基因。乡村的阶级斗争进入白热化状态，各种激烈的言行不可避免，深仇只能收获大恨，这似乎无可非议。可是，革命赢得了胜利之后，粗暴、蛮横、狭隘、江湖帮派乃至挟私报复仍然作为某种习气或明或暗地传承着，甚至在革命话语的掩护之下频繁露面。贾平凹《老生》后面的几个故事表明，这种文化性格可能严重地挫伤了多数农民的积极性，损害了乡村的革命愿景。光阴荏苒，这种文化性格不仅遗传到霸槽——贾平凹《古炉》中一个畸形的乡村叛逆分子，甚至还可以在后来许多带有草莽气息的农民企业家身上发现，例如莫言《蛙》中牛蛙养殖场的总裁袁腮。

"土改"之后，农业合作化运动再度给农民带来了深刻的精神震撼。农业合作化运动波及广袤乡村的每个角落，没有哪个农民能够置身事外。不论今天如何评价这场运动，一个不争的事实是，农民中出现了某些崭新的精神气质。尽管农业合作化运动配置了足够的理论宣传术语，但是，改变农民的真实原因毋宁是集体生活——集体劳动以及集体经济。按照传统的乡村社会组织方式，家庭作为生产劳动以及经济分配单位已经延续了千百年。农业合作化运动不仅甩开了这种社会组织方式，而且缔造了新型的乡村社会关系。分散的农民开始聚集在一起，形成互助组、生产队、大队、人民公社等各级集体组织，共同参与、规划劳动生产。虽然各级集体组织的经济效益远未达到预期目标，但是，密集的社会交往重塑了农民，尤其是年轻一代的精神结构。相互合作的劳动生产以及复杂的利益博弈要求社会成员频繁地互动、表述、协商，交流带动了精神的真正活跃。

可以从一批再现农业合作化运动的小说中发现，闰土那种沉默寡言的人物形象愈来愈少。传统农民的绝大部分精力都耗费在田野之中，关注的是土壤、肥料、气象和庄稼生长；农业合作化运动开始之后，乡村社会的急剧变革促使每一个农民站出来，不仅跨出家庭的狭小范围，同时从形形色色的庄稼中抬起头来，以一个社会角色进入集体生活。作为乡村的新型人物，一批集体劳动生产的领头人出现在文学舞台，例如赵树理《三里湾》里的王金生、柳青《创业史》中的梁生宝、浩然《艳阳天》里的萧长春。尽管梁生宝性格的可信程度曾经引起争议，但这个类型的农民形象毕竟前所未有。中国当代文学的另一个收获是展示了乡村女性的迅速崛起。许多泼辣型的乡村女性络绎不绝。李准的《李双双小传》名噪一时，小说的主题已经从农业合作化运动的历史背景聚焦为妇女解放。对于乡村女性来说，跨出家庭的意义不仅是参加集体劳动，同时还意味着男尊女卑观念的破产。作为劳动集体之中的平等一员，自食其力和种种权益的保障造就了她们的独立人格。若比较鲁迅《祝福》之中的祥林嫂，可以察觉乡村女性走得有多远。

20世纪70年代末期开始，家庭联产承包责任制再度点燃了沉闷的乡村。许多批评家共同提到了何士光的《乡场上》与张一弓的《黑娃照相》。乡村小伙子黑娃喂养长毛兔挣到了第一笔副业收入，他在集市上花费了一半的收入为自己拍摄一张彩色相片。经济复苏之后，农民对于美的精神追求将会同时觉醒，他们应当拥有这种权利。何士光《乡场上》的主题不无相似，同时又相对严峻：由于乡村的新经济政策，农民可以勤劳致富而不必依赖村干部发放的回销粮。这时，主人公冯幺爸终于勇敢地说出了乡场上的真相——他的证词对于一个涉事的村干部不利。换言之，经济复苏塑造了农民的独立人格。尽管梁生宝、李双双与黑娃、冯幺爸共同显示了"站起来"的精神特征，但是，塑造两批人物的历史背景远为不同。家庭联产承包责任制产生的历史依据是社会学家的重大话题，然而，生活在乡村的许多农民很早就发现了严重的问题。60年代，浮夸的风尚借助行政权力在乡村弥漫。春荒来临之际,一个村支书大胆开仓借粮,拯救饥饿的农民。遭受逮捕的时候,村支书没有丝毫的惊慌和后悔,他愿意为心目中的正义付出代价——这即是张一弓《犯人李铜钟的故事》。李铜钟这种超前的觉醒让人联想到日后的"小岗村精神"。

三

不言而喻,乡村是相对于城市而言的。但是,对于当代文学史来说,这种"相对"远非空间距离或者经济生产。由于农村包围城市的革命传统,这种"相对"隐含了阶级文化的对抗。20世纪50年代初期,萧也牧的《我们夫妇之间》造成了巨大的风波。小说主人公李克是一个知识分子,他在城市生活中如鱼得水。但是,来自乡村的"妻"不仅无法适应城市情调,同时对丈夫的生活趣味也十分反感。随着情节的陆续展开,李克逐渐意识到"妻"的正直品格,"妻"也承认了李克的理论水平,两人和好如初。尽管小说已经对城市和小资产阶级品位表露出诸多贬抑,但是,许多批评家仍然对这篇小说进行了严厉的批判。他们觉得,作者的内心对于城市情调充满了眷恋之情，所谓的贬抑远未充分。许多革命者熟悉的是如火如荼的乡村，城市如同另一种危险的丛林，灯红酒绿以及靡靡之音不啻资产阶级设置的种种陷阱。在沈西蒙等创作的《霓虹灯下的哨兵》中，进城后的解放军战士高度警惕城市各个角落发射出来的糖衣炮弹，霓虹灯闪烁的上海南京路是繁华的商业区，也是腐朽意识形态的温床。进驻南京路之后，一些战士开始抛弃艰苦朴素的传统，嫌弃乡村妻子的情节再度重现，更为严重的是，特务分子竟然蠢蠢欲动。故事的结局当然是，霓虹灯下的哨兵经受住了考验，他们并未在城市的包围中成为可耻的"俘虏"。这时，乡村与城市的二元对立很大程度上可以置换为革命与腐朽。

许多人习惯用"土气"形容乡村文化。相对于城市文化的知识分子品位和商业化风格，乡村文化充满了泥土气息，后者显然为众多的农民喜闻乐见。毛泽东的《在延安文艺座谈会上的讲话》阐述了文艺为什么人的问题："我们的文学艺术都是为人民大众的，首先是为工农兵的。"[1] 在当时的历史语境

---

[1] 毛泽东：《在延安文艺座谈会上的讲话》，载《毛泽东选集》第3卷，人民出版社1991年版，第863页。

中，农民构成了"大众"或者"工农兵"的主体部分。这时，乡村文化的美学风格同时体现了清晰的政治方向。作为《讲话》精神的一个积极实践者，赵树理显然是从乡村文化中脱颖而出的。"赵树理方向"之所以赢得广泛的肯定，一个重要原因是成功展示了乡村文化的美学魅力。《小二黑结婚》《李有才板话》《地板》以及《邪不压正》等一系列作品不仅刻画了一群生动的农民形象，同时还创造了评书体的小说形式。情节连贯、有头有尾、波澜起伏、脉络清楚、叙事明快、简约幽默，这些编码特征多半脱胎于传统的评书。[1]20世纪40年代之后，赵树理的风格远远超出了个人的成功，常被看作民族的、乡村的美学范本，回应乃至抵抗现代城市文化。

尽管乡村对于城市的批判几乎构成了某个时期的文化惯例，但是，乡村与城市的竞争资本只能是独特的社会吸引力。因此，20世纪50年代末期马烽编剧的电影《我们村里的年轻人》具有特殊的意义。一批年轻人相聚乡村生活、创业，他们收获了事业与爱情。然而，电影之中明朗欢快的气氛是历史的

---

[1] 参见钱理群、温儒敏、吴福辉《中国现代文学三十年》，北京大学出版社1998年版，第475—486页。

再现还是美学的幻觉？

中国当代文学的许多作品可以参与这个问题的争论。路遥的《人生》和《平凡的世界》展现了城市对乡村生活的强烈冲击。《人生》中的乡村仍然停泊在淳朴、忠厚、善良的传统社会，城市的气氛波谲云诡、人心叵测，办公室、市场和社交圈子充满了猥琐的明争暗斗。然而，作为一个农家子弟，高加林始终向往城市。他觉得只有融入城市文化，才能施展胸中积蓄的抱负。高加林很快铩羽而归，他丧失了工作和爱情，返家之后扑倒在故乡的土地上泣不成声。然而，对于高加林来说，进城是一个错误的决定还是一次失败的冒险？答案显然是后者。如果还有机会，他会毫不犹豫地再次扑向城市。很大程度上，《平凡的世界》延续了这个主题。孙少安、孙少平两兄弟分别与城市产生了不同的接触，他们始终无法进入城市的核心。哥哥孙少安果断地中止了与润叶的恋爱关系，浪漫的爱情无法填平城乡之间的鸿沟。他安心地逗留在乡村创业，不论遭受何种挫折，他不再奢望从城市获得什么。相对而言，孙少平的性格存有更多的躁动因素。从对知识的渴望、与女性交往，到尝试种种工作，他的勇气是孙少安无法比拟的。然而，最终他仅仅止步于城市的边缘，城市核心的高楼大厦以及市民生活可望而不可即。乡村与城市的不平等融化于众多生活细节，挥之不去。《平凡的世界》开启了一幅宏大的生活画卷，空间辽阔，人物众多，但是，这个空间的乡村与城市处于强烈的失衡状态。城市如同一个巨大的磁铁，牢牢地将人才、财富吸附在周围，相对而言，乡村显得贫瘠、干涸、穷困、无奈，《红旗谱》的革命气势与《我们村里的年轻人》的乐观精神已经消退殆尽。这时，当代文学之中的城乡关系逐渐出现了一个逆转。

与《我们村里的年轻人》相反，许多年轻的农民拔寨而起，进入城市务工——他们被称为"农民工"。如果说《平凡的世界》中的孙少平进入城市举步维艰，那么现今的"农民工"已经不会遭遇那么多体制性障碍，尽管他们大部分依然无法融入城市文化，不能自如地充当主人公的角色。对于"农民工"来说，城市始终是一个异质的空间。在某些时候，他们可能遇到莫大的敌意，例如王安忆的《悲恸之地》。主人公孙德生从一条偏僻的山沟来到上海卖姜，不幸与同伴失散。他陷入光怪陆离的街道、楼房、小巷，遭受商场玻璃门、嘈杂的菜市场以及载重卡车、公共汽车的围堵，很快精神崩溃，惊慌之中坠楼自尽。于是，冷漠的城市悄然地完成了一次驱逐异己的战役。对于多数"农民工"来说，情况不至于如此极端，但是，性质相似的细节不时闪现于日常生活，敲击他们的自尊和自信。面对不断扩大的城市，孤军深入的乡村再也无法维持传统的精神优越。

四

尽管城市文化的声望日复一日地高涨，但20世纪80年代中期，乡村作为文化根系的沃土再度成为当代文学的青睐对象，这就是"寻根文学"的兴起。这个文学潮流的命名多少有些偶然——韩少功的短文《文学的"根"》是这个名称的来源。很短的时间里，从浪漫主义、现实主义、现代主义、后现代主义，到意识流、存在主义、荒诞派、黑色幽默，西方文学的诸多派别一拥而入，声势强盛。许多作家察觉到民族文化的阙如——世界的文化舞台不会给模仿者留下席位，当代文学必须借助民族文化的根系展示独特的创造性。因此，韩少功的观点赢得了普遍的赞同："文学之'根'应深植于民族传统文化的土壤里。"[1] 然而，耐人寻味的是，描述民族文化根系的时候，

---

1 韩少功:《文学的"根"》，《作家》1985年第4期。

作家纷纷从城市文化面前掉头而去，返回乡村追根溯源。"礼失而求诸野"，"寻根文学"的空间指向是乡村。当然，"寻根"的比喻也是来自乡村的意象。

无论是韩少功、阿城、李杭育，还是王安忆、贾平凹、郑万隆，这些"寻根"作家旨趣不一、风格相异，但他们不约而同地聚集到了乡村。这是由于城市文化吸纳了众多西方文明，还是由于乡村深藏了农耕文化的原型？总之，从老庄佛禅、儒学义理，到民间的奇风异俗或者传奇人物，"寻根文学"之中的乡村远比城市活跃。阿城的《棋王》和《遍地风流》、贾平凹的《商州初录》和《商州又录》、郑万隆的《老棒子酒馆》和《异乡异闻三题》以及李杭育的"葛川江系列"，都从乡村发现了某种本真的自由人生。血性豪迈也罢，散淡达观也罢，天真无邪也罢，乡村天地广阔、月朗风清，生活在那里的人们可以卸下城市文化堆积的功利、世俗、纤弱和斤斤计较。乡村并非仅仅是一日三餐、春耕秋收的简单循环，而是充满了悠远、神秘乃至形而上的启示，例如韩少功《爸爸爸》之中不死的丙崽和王安忆《小鲍庄》之中慈祥如菩萨的捞渣。神话、传说、歌谣、祈禳、巫术、咒语——只有天人合一气氛中的乡村才能恢复这一切。

陈忠实于20世纪90年代出版的《白鹿原》可以视为"寻根文学"的回响，也可以视为"寻根文学"的终结。《白鹿原》之中的白、鹿两个家族的竞争围绕姓氏、血缘、家风与祖上积累的阴德展开。很大程度上，《白鹿原》推崇的是儒家观念，朱先生是儒学导师，白嘉轩是儒学的乡村实践者。白嘉轩与鹿三的主仆关系犹如兄弟，两人对田小娥共同的仇视显示了儒家道德观念对于女性的轻蔑。白嘉轩引为自豪的是坦荡的襟怀与正直的人格，这是"修身"与"齐家"的准则。可是，《白鹿原》后半部分的"治国""平天下"摧毁了儒家的道德标准。白、鹿两个家族的后代分别卷入三民主义与共产主义之争，并且为之抛头颅、洒热血。然而，白嘉轩乃至朱先生无法理解各种政治口号和阶级观念，他们只能隔岸观火，发出若干不得要领的感叹。事实上，这也是"寻根文学"再现的很大一部分乡村的命运。它们曾经在传统文化的庇荫之下自足地存在，可是，所谓的现代性打碎了传统文化体系，乡村不再是世外桃源。尽管乡村与城市的差异从未消失，但是，由于现代政治文化的覆盖，乡村逐渐被纳入现代性体系。在这个意义上，"寻根文学"的乡村带有很大程度的挽歌意味。铁凝的《笨花》中，乡村的传统伦理道德与现代性之间的冲突显现为肌理细密的缓慢渐进，那种恬静、稳定、笨重、不慌不忙的乡村节奏渐渐被种种新生事物打破，向喜这种固守传统的老派人物不得不退出历史舞台。这是历史的必然，然而，铁凝的叙述显然流露出恋旧的意味。无论是"寻根文学"、《白鹿原》或者《笨花》，这批作品或许共同隐含了一个问题：难道这些乡村仅仅是现代性尚未分解的残留物，而不是保存了某些不可或缺的文化基因吗？

当然，当代文学的乡村从未放弃沁人心脾的田园风光。山清水秀、安宁祥和的净土令人向往，只不过这种含义很少产生震撼人心的尖锐性。沈从文的《边城》是一曲悠扬的牧歌，但它迟迟无法妥帖地"编辑"在激荡的现代文学之中；孙犁的《荷花淀》是一个成功的范例——月光下的乡村院落、芦花飘飞的白洋淀终于和一场伏击战诗意而巧妙地衔接在一起。当代文学之中，相对于巨大的历史轰鸣，单纯的田园风光显得有些"轻"，尽管没有人可以否认汪曾祺或者刘绍棠的奇特魅力。汪曾祺和刘绍棠擅长描绘水乡景象，波光粼粼的河流、湖泊与水乡的人情世故浑然一体。相对地说，刘亮程展现的是大西北风沙之中的乡村，有着无边的旷野、从不止息的大风、漫天黄沙、一段枯树、几截矮墙、一声夜半的鸟鸣、一个孤独的家伙扛一柄铁锨逛荡在荒凉的土路上……某些时刻，乡村的田园风光可能与环境生态的主题联系起来，卷入工业污染、经济发展失衡制造的严峻问题。乡村作为"受虐"对象，其与城市的不平等可能突如其来地爆发出来。在阎连科的《日光流年》之中，耙耧山脉皱褶之中偏僻的三姓村千辛万苦地修建了一条水渠，然而，他们引来的是一渠遭受严重污染的废水。这个村庄从未享受工业的恩惠，却必须承担工业污染的后果。

田园风光以及背后的大自然是否可能隐藏了更为深邃同时也更为虚渺的主题？张炜的许多小说中，主人公不断地奔跑在大地上，或者站立于广袤的大地边缘沉思。这时，人与大地形成了内在的呼应。《融入野地》是一篇令人惊异的散文。张炜的"野地"苍苍莽莽：他想象故乡处于大地的中央，整个世界都是那一小片土地生长延伸出来的；土地负载了江河和城市，让各色人种和动植物在其腹背生息。这些感想无法诉诸具体的情节，仅仅是"一种模模糊糊的幸运飘过心头"[1]。然而，此刻的乡村与土地已经是哲学与诗。

---

[1] 张炜：《融入野地》，《上海文学》1993年第1期。

五

20世纪80年代，乡村形象曾经集中出现于两批作家的作品之中。一批作家以王蒙、张贤亮、李国文等人为主，他们的共同经历是50年代被划为"右派"，继而下放到乡村二十余年。80年代重获文学写作权利之后，这段伤心往事终于兑现为文学的"财富"。另一批作家的共同经历是下乡插队，"知青"——知识青年的简称——标明了他们的共同身份。许多知青的文学写作甚至在下乡插队期间就已经开始。当然，80年代是知青文学的成熟期，获得成熟的条件之一是，可以如实地再现下乡插队时的内心情感。这一批作家为数众多，佼佼者有史铁生、韩少功、王安忆、梁晓声、孔捷生等。从某一个视角看来，两批作家心目中的乡村含义清晰、意旨明确；从另一个视角看来，这些乡村含义暧昧，甚至相互矛盾。

王蒙的《蝴蝶》《杂色》，张贤亮的《灵与肉》《绿化树》以及李国文的《月食》均把乡村视为主人公获得救赎的驿站。猝不及防的政治袭击之后，他们被强制遣送到乡村，然而，乡村并未亏待他们。相反，农民的忠厚、善良以及博大的同情心逐渐愈合了他们内心的创口，甚至给了他们纯朴、无私的爱情。这不啻提前在精神上解放了他们，尽管烙在他们额头上的政治印记无法祛除。总之，乡村完美地组织在情节之中，成为主体完成的一个必然环节。

对于主人公的"心灵辩证法"来说，乡村的含义是什么？强制遣送的乡村令人联想到"流放"——事实上，张贤亮的《灵与肉》即使用了"流放"一词。作为一种刑罚的空间，流放处所的恶劣程度仅次于监狱。然而，当农民——贫下中农——被形容为革命阶级不得不蹲守乡村的时候，"流放地"是一个令人难堪的称谓。如果与相近时期发表的《我们夫妇之间》《我们村里的年轻人》或者《艳阳天》相互比较，"流放地"的含义将对乡村的另一些含义形成干扰。也许，乡村的贫瘠不言而喻，只不过这个事实被众多华丽的辞令压缩为不可表述的无意识。主人公落难、复出与"大团圆"，乡村与农民作为背景完成情节赋予的使命，作家似乎心安理得地接受了乡村的这种含义。

主体的完成曾经以另一种形式出现在知青文学之中。人们可以从知青文学里察觉一个相近的情节回环：知青抵达乡村之后，他们对于困苦的生活条件、贫乏的文化环境和农民的日常表现大失所望，谋求返城成为多数知青不懈的诉求。多年之后他们如愿以偿，然而，对乡村生活的回望却带来了一个重要的人生感悟——知青突然意识到曾经相处的农民如此质朴、善良，曾经寄居的土地如此开阔、美丽。这隐喻了主体的一个崭新的精神高度。显然，这种感悟将持久地贮存于知青的内心，无形地左右他们对于未来的设想和塑造。

然而，分析知青文学的情节构成，乡村的含义再度闪烁不定。一种观点认为，乡村的基本形象是"革命大熔炉"。传统教育体制灌输的观念只能培养出一批资产阶级寄生虫，因此，知青来到乡村的主要任务是接受贫下中农的"再教育"，繁重的生产劳动往往转换为战天斗地的豪言壮语加以表述。另一种相对隐蔽的观点仍然将乡村设定为贫穷、落后的区域，知青的职责是运用从学校获取的文化知识建设新型的乡村。人们可以从中发现启蒙主义的痕迹，知青仍然隐约地扮演文化启蒙者的角色。事实上，两种含义的乡村相互交织，二者的内在冲突构成了情节内部的紧张性。

主体的完成同时清空了刻骨铭心的回忆，两批作家中的大多数很快离开乡村而转向另一些主题。然而，少数作家仍在持续地盘旋，他们的回忆显现了强大的精神再生功能，例如韩少功。韩少功的《日夜书》是感悟之后漫长的人生续篇。那一批主人公不仅怀揣持久的知青岁月的记忆，很大程度上，他们的生活姿态就是这种记忆的延伸，或者说，他们的记忆与现今的生活不断地相互衡量。《马桥词典》的文学形式并非来自乡村文化，但是，文化人类学意义上的乡村无疑赋予了韩少功丰富的灵感，词典形式与乡村生活的大胆联结是一次成功的文学实验。韩少功的《山南水北》表明，他已经在现实意义上——而不是文学意义上——续上了当年的知青生活，很大一部分时间返回乡村定居。相对地说，贾平凹对于乡村不是那么乐观，尽管他的文学灵感更大程度地来自乡村的馈赠。贾平凹自幼生长于农家，拥有丰厚的乡村生活经验，他的众多小说始终如一地续写当代文学的乡村谱系。然而，从《秦腔》《带灯》到《极花》，贾平凹的忧虑清晰可见：乡村的活力正在急剧衰减，这种状况已经渗透到日常生活的种种细节，乡村如同一个丧失水分的苹果正在逐渐干瘪。

1932年，茅盾完成了他的代表作《子夜》。这部长篇小说企图"对比"乡村与城市的革命运动，"大规模地描写中国社会现象"[1]，回应中国社会性质的论战。由于各种原因，《子夜》之中的乡村革命仅仅吉光片羽，与城市拥有的庞大情节并不

1　茅盾：《〈子夜〉后记》，载《中国当代文学研究资料·茅盾专集》第1卷下册，福建人民出版社1983年版，第827页。

相称，茅盾遗憾地形容为"半肢瘫痪"[1]。茅盾当年已经认识到，乡村的阙如无法完整地再现中国的现代史。当代文学史的乡村谱系表明，文学视野之中的乡村分量急剧增加。柳青曾经在皇甫村落户十四年。在他的心目中，乡村无疑是文学的富矿，深入开采，必有所获。然而，人们可以从现今的许多作品中察觉，文学的乡村愈来愈荒凉，田园荒芜、人去楼空，农民的生活几乎无法构筑激动人心的宏大情节。乡村叙事不再波澜壮阔、纵横捭阖。新兴的网络文学通常以曲折的故事与惊人的想象见长，然而，相对于武侠、帝王、总裁乃至争宠的三妻四妾或者盗墓分子，农民同样无法赢得充当主角的资格。此外，"非虚构写作"对乡村的注视仿佛隐含了某种意味深长的征兆：在新闻式的采访、描述以及各种见闻的感叹之外，乡村还能为作家的想象洪流提供强大的动力吗？

粮食生产的乡村是农耕文化的必然产物，但是，当代文学促使这个主题从抽象的观念转换为具体可感的文学近景。这种状况显然与革命意识形态的成熟密切相关。如果说"五四"知识分子同情农民、尊重劳动的情感往往包含在启蒙范畴之内，

---

[1] 茅盾：《再来补充几句》，载《中国当代文学研究资料·茅盾专集》第1卷下册，福建人民出版社1983年版，第940页。

那么当代文学的"劳动人民""贫下中农"是一个清晰的阶级定位。农村包围城市不仅诉诸轰轰烈烈的革命形式,同时诉诸观念性的文化——乡村同时成为精神生产的基地。相对于城市以及来自城市的知识分子,乡村持续地充当主角。然而,当农耕文化的生产方式、社会组织与现代性遭遇时,乡村内部隐含的矛盾迟早要暴露出来。乡村与现代政治文化之间的脱节以及各种形式的弥合、相互改造曾经在当代文学产生持续而复杂的回响。现今,许多当代作家意识到的主题是,乡村正在与现代经济脱节。粮食——乡村的主要产品——不再是社会关注的重心,金融、股票、计算机、互联网、房地产迫不及待地占据了前台。乡村的历史位置正在边缘化,各种冲突犹如这个事件的表征。乡村从未像现在这么惶惑,也从未像现在这么需要重新集结。必须承认,农耕文化的确进入了尾声,然而乡村的广袤地域仍然存在,农民仍然是社会成员之中最大的一个群体,乡村保存的古老文化仍然隐含着许多富有潜力的命题。乡村与农民将在农耕文化与现代性的交接中形成哪些新的景观?这或许是中国当代文学史乡村谱系的未来一章。

(原刊《文艺研究》2019年第6期)

文学虚构类型：
现实主义、欲望与乌托邦

一

几乎所有人都愿意认可文学的虚构性质，这是文学独享的特权。文学虚构摆脱了严厉的道德谴责，与种种可耻的谎言划清了界限。文学被形容为"有独创性地撒谎"[1]，仿佛出众的天

---

[1] [美]M.H.艾布拉姆斯：《镜与灯：浪漫主义文论及批评传统》，郦稚牛等译，北京大学出版社1989年版，第433页。

才想象可以成为免责的理由。有趣的是,虚构没有赢得广泛的理论关注,文学似乎天经地义地行使这个特权。围绕虚构辩论的充分程度甚至远不如这个概念的对立面——真实。

艾布拉姆斯曾经如此解释"fiction"一词:"总体来说,虚构小说是指无论是散文体还是诗歌体,只要是虚构的而非描述事实上发生过的事件的任何叙事文学作品。然而,狭义上的虚构小说仅指散文体的叙事作品(小说和短篇小说),有时也简单地用作小说的同义词。"[1]不言而喻,虚构隐含的问题始终与真实联系在一起。真实不仅是一种状态,而且是道德与科学肯定的正面价值。无论一种状态的鉴定还是一种价值的肯定,真实是虚构的"他者"。不存在真实,无所谓虚构。文学之所以突破真实的闸门而公开杜撰,恰恰表明存在另一种巨大的渴求。如果说日常社会曾经制定种种规则避免谎言带来的混乱,那么这种渴求慷慨地向文学颁发合法虚构的文化证书。很久以前,思想家已经开始论证文学享有这个特权的理由。亚理斯多德在《诗学》中为之辩护的说辞是:"一桩不可能发生而可能

---

[1] [美]M.H.艾布拉姆斯:《文学术语词典》,吴松江主译,北京大学出版社2009年版,第189页。

成为可信的事,比一桩可能发生而不可能成为可信的事更为可取。"[1]这即是诗人从事的文学虚构。亚理斯多德的如下几句话几乎是众所周知的名言:"诗人的职责不在于描述已发生的事,而在于描述可能发生的事,即按照可然律或必然律可能发生的事。"他甚至认为,以"真实"著称的历史话语不如文学的虚构更具普遍意义:"写诗这种活动比写历史更富于哲学意味,更被严肃的对待;因为诗所描述的事带有普遍性,历史则叙述个别的事。"[2]《诗学》的考察对象是古希腊的史诗与悲剧。对于文学说来,虚构涉及的范围远远超出二者。伊格尔顿的《文学事件》认为:"虚构是一个本体论范畴,而非首先是一个文学类型。"[3]在他看来,虚构与非虚构之间的区别并不稳定。愈是严格地追溯,二者的界限愈是模糊。[4]无论是哈姆雷特还是阿Q,虚构指涉的对象来自话语的制造,这些对象不可能反过来

---

1 [古希腊]亚理斯多德:《诗学》,罗念生译,载《诗学·诗艺》,人民文学出版社1962年版,第89—90页。
2 [古希腊]亚理斯多德:《诗学》,罗念生译,载《诗学·诗艺》,人民文学出版社1962年版,第28、29页。
3 [英]特里·伊格尔顿:《文学事件》,阴志科译,河南大学出版社2017年版,第126页。
4 参见[英]特里·伊格尔顿《文学事件》,阴志科译,河南大学出版社2017年版,第133页。

作为外部标准衡量作家的叙述是否"真实"。文学话语并非模仿。"真实"并非相信某种文学叙述的主要理由,重要的是人们"假装相信"(make believe)[1]——如何"假装"依据的是话语内部游戏规则的约定。伊格尔顿形容"虚构叙事将其内部活动投射为一个看似外在的事件"[2],人们默契地按照对待"真实"的方式对待虚构。虚构叙事根据一套内在逻辑运转,相信什么或者不相信什么与现今的常识存在很大的差距。所谓的"内在逻辑"表明,这一套标准如同某种特殊证件仅仅通行于文本内部。阅读《西游记》的时候,人们毫无戒心地接受神通广大的孙悟空,相信这只猴子可以把金箍棒藏在耳朵里,或者一个筋斗云翻出十万八千里;然而,如果孙悟空含情脉脉地爱上了白骨精,严重怀疑即刻浮现——尽管常识证明,前一个事实的可能性远远低于后一个事实,但是,虚构叙事的内在逻辑支持相反的判断。

人们认定虚构是文学的普遍性质,但是,每一种文类拥有

---

1 [英]特里·伊格尔顿:《文学事件》,阴志科译,河南大学出版社2017年版,第125页。
2 [英]特里·伊格尔顿:《文学事件》,阴志科译,河南大学出版社2017年版,第157页。

的虚构指标远为不同。小说或者戏剧的虚构无可非议，故事以及人物纯属子虚乌有。当然，众多小说类型并非一视同仁。行使虚构特权的时候，历史小说不得不打一个很大的折扣。《三国演义》可以虚构关羽、张飞或者赵云的神勇程度，但是，罗贯中不能擅自将赤壁之战挪到唐朝。诗的虚构成分模糊不定。诗人的内心激情如沸，然而，诗人所展示的每一个细节未必货真价实。不能迂腐地调集科学数据衡量诗人描述的山峰高度或者江河的宽阔气象。多数时候，人们不愿意散文染指虚构——介于文学与非文学的中间地带，散文的虚构可能混淆是非。许多人无法接受散文深情怀念一个虚构的兄弟，或者臆造两个名流风趣地晤面。不论这些文类规范是否公平，人们遵循约定俗成的话语规则。通常，这些话语规则独立自足，不会因为金融形势的波动、某些法律条款的颁布或者一场战争的爆发而改变。尽管如此，这些话语规则并未与历史脱节。伊格尔顿表示，他赞同马舍雷的观点，"文类、语言、历史、意识形态、符号学规则、无意识欲望、制度规范、日常经验、文学生产模式、其他文学作品"——诸如此类构成叙事内在逻辑的元素无

——不是历史演变的产物。[1] 许多时候，虚构来自这些元素的综合作用。

通常，虚构的精神成本远远超出如实陈述，驱动想象——尤其是大型叙事作品的构思——不得不耗费巨大的内心能量。如果说，虚构叙事并未大规模加入日常语言交流——如果说，虚构叙事仅仅是一种自我指涉，那么，这种状况迫使一个问题开始显现：为什么虚构？伊格尔顿引用了"述行行为"（performatives）给予解释。这时，语言"不是用来描述世界的，而是强调在言语行动中完成了什么。问候、诅咒、乞求、辱骂、威胁、欢迎、发誓等等都属于这个范畴"[2]。文学的虚构叙事不是再现世界的哪一部分景象，而是力图产生某种实际效果。这时，人们必须重提虚构的渴望——或者换一种相对精确的表述：虚构背后存在的欲望。虚构叙事不仅涉及语言范畴的种种结构、组织、规则，同时涉及心理范畴。

分析表明，虚构往往指向了现实的匮乏——许多时候，现

---

[1] [英]参见特里·伊格尔顿《文学事件》，阴志科译，河南大学出版社2017年版，第158—159页。
[2] [英]特里·伊格尔顿：《文学事件》，阴志科译，河南大学出版社2017年版，第150页。

实的匮乏亦即欲望的对象。当现实的匮乏意味着某种渴求受阻的时候，虚构是文学想象制造的替代性满足。人们向往权势、财富、爱情以及种种传奇性生活，然而，平庸的日常现实从未出现合适的土壤。为什么不利用虚构提供快乐的体验？很大程度上，这即是精神分析学对于文学的解释：从武侠、侦探、惊险、玄幻到宫闱的钩心斗角、霸道总裁眼花缭乱的爱情，大众文学的诸多类型显示出"白日梦"的明显特征。当然，许多人对精神分析学的泛性欲主义表示异议。考察种种文学现象的时候，"性"的聚光灯只能提供狭窄的视野；更为重要的是，这种视野往往舍弃欲望隐含的历史意义从而低估了文学的激进内涵。这显然是一种理论损失。我曾经指出："社会历史批评学派与精神分析学可能产生的一个结合部位是，虚构背后的欲望能否是富有政治意味的未来诉求——包含了未来历史可能的'乌托邦'？"[1]

如果说大众文学的"白日梦"更多的是个人境遇的期待，那么经典文学往往包含更为宏大的境界——虚构背后的欲望积聚了强烈的历史意义。前者热衷虚构一个人的天生丽质、拥有

---

[1] 南帆:《文学理论十讲》"序言"，福建教育出版社2018年版，第4页。

绝世武功或者继承了万贯家财,后续的所有情节仅仅是这些天然优势令人羡慕的展开;相对地说,后者更多地关注这些优势如何形成,如何保持,或者如何消失。换言之,经典文学必须将虚构背后的欲望交付社会历史给予裁决。对《水浒传》《红楼梦》或者《哈姆雷特》《战争与和平》等作品来说,每一个主人公的信念、理想乃至小小的人生愿望无不进入既定的历史氛围,接受种种社会关系的权衡。否则,天马行空的虚构不可能获得任何有效的呼应。这时,精神分析学的轴心概念"无意识"必须扩大为社会无意识。"无意识"叛逆仅仅是"快乐原则"带来的冲动;然而,社会无意识掀起的革命能否赢得广泛的回响,历史逻辑构成一个重要的衡量标准。结合弗洛伊德与亚理斯多德的术语,社会无意识的浮现必须符合"可然律"与"必然律"。更为特殊的意义上,陶渊明的《桃花源记》或者托马斯·莫尔的《乌托邦》也是如此。众多思想家的对话中,"乌托邦"已经成为一个举足轻重的概念。"乌托邦"包含理想国的含义。然而,理想国不仅意味现状批判,而且显示出实现的历史可能——否则,"乌托邦"即会成为贬义的"空想"。[1] 显然,文学虚构擅长承担这些思想探索,"乌托邦"时常被视为一种文学类型。

从共同奉行的话语游戏规则到精神分析学的欲望与无意识,从社会无意识到历史逻辑,虚构与话语、虚构与社会历史复杂的互动方式逐渐显露出来。返回20世纪的文化语境,虚构内部隐含的反抗与革命成为一个耐人寻味的历史问题。

二

文学史保存了种种相异的虚构模式。至少可以区分两种不同的虚构类型。一种虚构停留于常识范畴,例如,虚构街头的一次邂逅,会议室里的一场辩论或者地铁站的一次跟踪,如此等等。换言之,虚构的状况随时可能发生——尽管并未真正发生。另一种虚构逾越了常识的界限,例如虚构一个鬼魂游荡于村庄,回到明朝与皇帝共进晚餐,火星上的一场化装舞会,如

---

[1] 参见[英]鲁思·列维塔斯《乌托邦之概念》,李广益、范轶伦译,中国政法大学出版社2018年版,第一章、第七章。

此等等。显然，后者往往被视为典型的虚构，甚至第一句话就开始违背常识——卡夫卡《变形记》的第一句话即是："一天早晨，格里高尔·萨姆沙从不安的睡梦中醒来，发现自己躺在床上变成了一只巨大的甲虫。"[1]

常识并非一批固定的结论，而是不同历史时期大众认可的普遍观念。一个时代的常识可能演变为另一个时代的谬见。古代相当长的一段时期，鬼魂如同一个正常的角色往返于人世与阴间，尽管没有多少人真正看见它们。作家绘声绘色地叙述一个鬼魂报复邻居或者骚扰赶考的书生，没有人抗议这种情节有违常识。即使置身于相同的历史时期，另一个地域的文化空间也可能拥有迥然不同的常识标准。加西亚·马尔克斯曾经表示，拉丁美洲的日常现实充满了神奇的事物，但是，欧洲读者的"理性"妨碍了他们的视线，以至于常识获得了"魔幻"的声誉。[2] 对马尔克斯来说，"魔幻"毋宁是文化外来者的惊奇。作为一个矛盾的名词，"魔幻现实主义"这个名词仿佛压缩了

---

1 [奥地利]弗朗茨·卡夫卡：《变形记》，载《变形记·城堡》，李文俊等译，译林出版社2010年版，第3页。
2 参见[哥伦比亚]加西亚·马尔克斯、[哥伦比亚]普利尼奥·阿·门多萨《番石榴飘香》，林一安译，生活·读书·新知三联书店1987年版，第46—47页。

两种观感：一批人目瞪口呆、惊奇不置的魔幻景象，另一批人司空见惯，不足为奇。不同的常识体系决定了他们的视野差异。这种状况表明，常识不仅表现为一套观念和知识；同时，常识划定了日常现实的范围与边界——使用另一套术语描述，这也可以视为历史逻辑的辖区：日常现实隐含了强大的历史必然。

因此，论述文学虚构对于反抗与革命的表现，虚构类型显示了重要的分野。虚构一个大义凛然的警察，虚构一个不惧权势的工人或者小公务员，反抗的故事仿佛发生于不远的地方，带有人们熟悉的气息，"常识"或者"现实"展示同时也限制了反抗与革命的历史可能——大义凛然的警察不可能指挥空军和海军联合作战，不惧权势的工人或者小公务员无法施展绝世武功伸张正义。然而，虚构一个至高的神整肃世界秩序，虚构一个"超人"除暴安良，那么，反抗与革命已经超出"常识"或者"现实"的范畴。反抗的对象如此强大坚固，反抗者的一己之力如此渺小脆弱，这时，只有某种超现实力量的协助才能奏效。《窦娥冤》的窦娥无望借助衙门申冤，血溅白练、六月飞雪、三年大旱——三个誓愿的兑现表明，她的冤情感天动地，神灵愿意代为申诉。《三国演义》第六十九回，耿纪、韦晃元宵谋反，事情败露被曹操斩杀于闹市。耿纪临刑之前大声疾呼："曹阿瞒，吾生不能杀汝，死当作厉鬼以击贼！"这种祈愿放弃了此岸而虚构一场来自幽灵的报复。鲁迅形容"神魔小说"为"神魔皆有人情，精魅亦通世故"[1]；事实上，虚构的神魔精魅肩负未竟的人情世故。构思种种奇迹惩恶扬善，犹如文学隐含的宗教情怀。文学虚构打开常识的闸门，大幅度扩大了收贮反抗欲望的空间容量。

按照精神分析学的观念，《西游记》显然可以视为反抗的范例——夸张的文学虚构与欲望的替代性实现。从权力体系、达官贵人到土豪恶霸、流氓阿飞，大众遭受诸多恶势力的欺压，甚至民不聊生。多数时候，大众涣散零落，赤手空拳，无法正面与恶势力抗衡。借助某些民间传说的酿造与启迪，大众心中相当一部分积压的受挫感终于转换为文学虚构的心理能量——一只神通广大的猴子充当了接纳想象的象征形式。作为一个著名的叛逆形象，孙悟空从花果山一跃而出。这只猴子肆无忌惮地大闹天宫，尖刻地嘲弄玉皇大帝和众多神仙菩萨，继

---

[1] 鲁迅：《中国小说史略》，载《鲁迅全集》第9卷，人民文学出版社2005年版，第171页。

而挥舞无敌的金箍棒降服取经途中的各路恶魔。一双火眼金睛的逼视下，大大小小擅长伪装的白骨精无所遁形。抛开了常识的限制，如此虚构无比解气。凡夫俗子深藏于内心的种种幻梦，孙悟空轻而易举地付诸实施。一卷在手，扬眉吐气的时刻到了。对大众来说，《西游记》的很大一部分魅力即是：甩下世俗的成规而沉浸于纵横天地的快意之中。

然而，诸如此类的快意迟早会遭到历史逻辑的讥讽，称心如意的背后隐藏了可悲的一面。文学"白日梦"的自欺成分往往超过了实践的意义。幻想只能是幻想，幻想无法攀越历史设置的门槛，撬开坚固的社会结构。作为一种衡量，我们——"我们"即是以读者身份栖身于常识的大众——与作品之中主人公的距离是一个特殊的指标。我们与主人公的距离愈大，文学虚构之中逾越常识的幻想成分愈多，付诸实践的意义愈弱。

亚理斯多德的《诗学》曾经指出："喜剧总是摹仿比我们今天的人坏的人，悲剧总是摹仿比我们今天的人好的人。"[1] 诺思罗普·弗莱认为，《诗学》的观点没有获得足够的重

---

1 [古希腊]亚理斯多德：《诗学》，罗念生译，载《诗学·诗艺》，人民文学出版社1962年版，第8—9页。

视——亚理斯多德的"好与坏"似乎陷于某种狭隘的道德观念。按照弗莱的分析,亚理斯多德"好"与"坏"两个词——"spoudaios"和"phaulos"——包含重与轻的比喻含义。因此,可以依据作品主人公与我们之间的力量对比区分作品的虚构类型。弗莱的名著《批评的剖析》即参照对比的梯度概括出若干虚构模式。第一,当主人公是神的时候,他的优越程度是我们不可企及的。这种故事通常是神话。神话在文学之中具有重要地位,同时又超出文学范畴。第二,如果主人公"一定程度上"比我们优越,这即是"浪漫故事"(romance)。这时,自然规律仅仅部分奏效,作品中存在会说话的动物、吓人的妖魔和巫婆,具有奇特力量的护身符,等等。这些作品通常是传说、民间故事、民间童话以及种种派生的文本。第三,主人公的神奇性继续下降——他具有不凡的权威、激情以及表达力量,但他必须服从社会评判与自然规律,这即是"高模仿"(high mimetic),这些作品通常是史诗与悲剧。第四,主人公与我们水平相当,这即是"低模仿"(low mimetic),这些作品通常是喜剧与现实主义小说。第五,如果主人公的能力与智力低于我们,甚至让我们产生轻蔑之感,这时,作品进入"反讽"模式。在他看来,1500年左右的西方文学按照五种模式顺流而下，目前正处于"反讽"模式阶段。五种模式形成某种神秘的循环，"反讽"之后将重新开启神话模式。弗莱表示，"高"或者"低"并非价值评判，而是描述二者之间对比的尖锐性。[1]这种概括祛除了浪漫主义、现实主义或者现代主义与后现代裹挟的历史文化背景，但是，主人公与我们之间的距离显现了美学与历史的另一种有趣的权衡方式。文学形式组织的幻想、欲望或者乌托邦存在于美学的彼岸，我们栖身于历史的此岸。

根据上述文学图谱，中国的武侠小说似乎介于"浪漫故事"与"高模仿"之间。武侠小说是一个特殊的文类。侠客形象可以远溯《史记》的《游侠列传》、唐代传奇以及《水浒传》。如果说清代的《三侠五义》《儿女英雄传》沿袭了《水浒传》的说书式叙事风格，那么在相近的时间，林纾、钱基博仍然以文言文记录一些武侠传奇。20世纪20年代之后，武侠小说转向白话文，宫白羽、郑证因、还珠楼主、王度庐、朱贞木等作家均为自立门派的领衔人物。50年代开始，武侠小说

---

[1] 参见[加拿大]诺思罗普·弗莱《批评的剖析》，陈慧、袁宪军、吴伟仁译，百花文艺出版社2002年版，第1—33页。

移师香港与台湾地区，金庸、古龙、梁羽生、温瑞安等先后登场，号称"新武侠小说"。"新武侠小说"在80年代重返大陆，金庸的声望如日中天。迄今为止，这个文类仍然声势浩大。除了传统的书籍印刷，武侠小说同时在网络小说中占有相当一部分的份额。

"儒以文乱法，而侠以武犯禁"[1]——尚武精神显然是武侠小说的一个重要特征。封建帝国进入末期，朝廷软弱，民众蒙昧，一批志士仁人痛心疾首，他们甚至将尚武精神的匮乏视为这种状况的原因之一。梁启超在《中国之武士道》的"自叙"中表示，"不武之民族"的称号不啻于奇耻大辱。"我神祖黄帝，降自昆仑，四征八讨，削平异族，以武德贻我子孙。"[2]然而，由于秦汉统治者的反复打击，尚武精神很快中断——他之所以胪列洋洋大观的英雄谱，半是凭吊，半是召唤。很大程度上，这些历史遗迹充当了欲望的寄托。

锄强扶弱、弘扬正义是侠客形象的一个重要内涵。人们熟悉的情节是：身陷困境，歹徒施虐，千钧一发之际，大侠突然

---

1 司马迁：《游侠列传》，载《史记》，中华书局2014年版，第3865页。
2 梁启超：《中国之武士道》，载《梁启超全集》第5卷，北京出版社1999年版，第1383页。

降临,高超的武功迅速消弭了危机。尽管传统的武侠是官府的助手——例如《三侠五义》之中的展昭等人,但是,侠客绝非标准的公职人员,他们的真正魅力是独往独来的自由精神。义薄云天、惩恶扬善是他们的内心意志,而不是唯唯诺诺地奉命行事。甩开国家机器的增援而特立独行,对于行政的繁文缛节不屑一顾,高强的武功是侠客形象之中不可分割的组成部分。新武侠小说倾向于夸大武功的神奇,那些侠客挥掌开山裂石或者飞檐走壁如履平地。尖锐的国族之争时常成为新武侠小说安置情节的舞台,然而,复杂的政治、经济矛盾很少进入作家的视野——文学虚构悄悄地把个人身体作为撼动情节的隐蔽支点。一个普遍流行的观念是,身体的经络之间隐藏某种奇异的能量,唤醒这些能量造就无敌的武功,这是"江湖"维持正义与秩序的保证。相对于那些出神入化的"神魔小说",武侠小说降低了神奇的指数。法力无边的菩萨、神秘的法器或者冥界、龙宫并未出现,武侠小说更多地诉诸种种小概率的幸运事件:偶尔吞下千年雪莲,跌入古墓窥见武功秘籍,无意开启了密室的开关,突然吸走对手身体之中的功力,如此等等。尽管每一个人都拥有一副身体,但是,小概率的幸运事件才是修成正果的必要前提。面临一个善恶分明的二元世界,惊人的武功、不变的侠义心肠与无拘无束的自由精神满足了大众对于正义与安宁的期盼——侠客形象甚至比行政权力与法律体系更具安抚人心的功能。文学虚构提供的梦幻结构蛰伏于眼花缭乱的武侠小说背后，这个文类迄今魅力不衰。

三

尽管大众仍然对于神魔小说与武侠小说兴致勃勃，但是，晚清至"五四"时期，理论的质疑已经此起彼伏。《本馆附印说部缘起》言及文学利用虚构改写世事，令"善者必昌，不善者必亡"，甚至不惜"托迹鬼神"，"天下之快，莫快于斯"。[1]但是，"托迹鬼神"毋宁说是双刃剑，许多批评家嗤之以鼻。梁启超认为，与"状元宰相""佳人才子""江湖盗贼"相似，"妖巫狐鬼"也是小说传播的精神毒素之一："吾中国人妖巫狐鬼之思想何来自乎？小说也。"[2]邱炜萲表示："其弊足以毒害

---

[1] 参见几道、别士《本馆附印说部缘起》，载陈平原、夏晓虹编《二十世纪中国小说理论资料》第1卷，北京大学出版社1997年版，第26—27页。
[2] 梁启超：《论小说与群治之关系》，载《梁启超全集》第4卷，北京出版社1999年版，第885页。

吾国家，可不慎哉！"[1] 管达如将"神怪"视为小说的一个类别，他的评价显然是负面的，"此派小说，以迎合社会好奇心为主义，专捏造荒诞支离不可究诘之事实"，除了制造蒙昧与迷信，对于大众有害无益。[2] 左翼批评家对武侠小说的反感更为严厉。郑振铎的观点与精神分析学不谋而合，但他尖刻地把大众对于武侠的期盼形容为"根性鄙劣的幻想"："便是一般民众，在受了极端的暴政的压迫之时，满肚子的填塞着不平与愤怒，却又因力量不足，不能反抗，于是在他们的幼稚的心理上，乃悬盼着有一类'超人'的侠客出来，来无踪，去无迹的，为他们雪不平，除强暴。"[3] 瞿秋白嘲讽这种心理是"济贫自有飞仙剑，尔且安心做奴才"[4]。茅盾进一步揭示，武侠小说虚构的反抗远非彻底，作家同时还会抬出"清官廉吏，有土而不豪，是绅而

1　邱炜菱：《小说与民智关系》，载陈平原、夏晓虹编《二十世纪中国小说理论资料》第1卷，北京大学出版社1997年版，第47页。
2　参见管达如《说小说》，载陈平原、夏晓虹编《二十世纪中国小说理论资料》第1卷，北京大学出版社1997年版，第400页。
3　郑振铎：《论武侠小说》，载《郑振铎全集》第5卷，花山文艺出版社1998年版，第345页。
4　瞿秋白：《吉诃德的时代》，载《瞿秋白文集》文学编第1卷，人民文学出版社1985年版，第377页。

不劣，作为对照，替统治阶级辩护"[1]。总之，这些文学虚构只能构成"五四"新文学的前史——新文学必须诉诸迥然不同的虚构。

马克思在《路易·波拿巴的雾月十八日》之中曾经讽刺地说："弱者总是靠相信奇迹求得解救，以为只要他能在自己的想象中驱除敌人就算打败了敌人；他总是对自己的未来，对自己打算建树，但现在还言之过早的功绩信口吹嘘，因而失去对现实的一切感觉。"[2] 对于神魔小说抑或武侠小说而言，"失去对现实的一切感觉"的表征是，神奇的主人公与烦闷、平庸甚至饱受欺凌的大众生活丧失了联系。这是一个令人气恼的事实。文学虚构提供的美学幻想仿佛魇住了芸芸众生，以至于他们慵懒地身陷其中。除了等待从天而降的拯救，似乎再也没有什么可以做了。然而，对"五四"新文学主将来说，文学必须与反抗、革命相互激励，而不是处于分裂状态。陈独秀抨击"贵族文学""古典文学""山林文学"，倡导"国民文学""写实文

---

[1] 茅盾：《封建的小市民文艺》，载《茅盾全集》第19卷，人民文学出版社1991年版，第368页。

[2] [德]卡尔·马克思：《路易·波拿巴的雾月十八日》，载《马克思恩格斯文集》第2卷，人民出版社2009年版，第475页。

学""社会文学",对于"帝王权贵""神仙鬼怪"深恶痛绝[1];周作人的《人的文学》强调"人道主义为本",极力排斥"迷信的鬼神书类""神仙书类""妖怪书类"和"强盗书类"——如《水浒传》《七侠五义》《施公案》等[2],他的《平民文学》进一步解释说:"我们不必记英雄豪杰的事业,才子佳人的幸福,只应记载世间普通男女的悲欢成败。因为英雄豪杰才子佳人,是世上不常见的人。普通男女是大多数,我们也便是其中的一人,所以其事更为普遍,也更为切己。"[3]文学研究会拒绝将文学视为轻松的消遣品,鲁迅与周作人共同翻译的《域外小说集》聚焦于世界范围内被压迫民族的作品——凡此种种无不显现,"五四"新文学主将力图组织一个新型美学共同体。这个美学共同体的特征是,大众读者与文学作品的主人公栖身于相近的生活气氛,声息相通,同甘共苦,对于恶势力的压迫同仇敌忾。他们是美学共同体的组织者,"五四"新文学倡导的白

---

1 参见陈独秀《文学革命论》,载赵家璧主编,胡适编选《中国新文学大系·建设理论集(影印本)》,上海文艺出版社2003年版,第44、46页。
2 参见周作人《人的文学》,载赵家璧主编,胡适编选《中国新文学大系·建设理论集(影印本)》,上海文艺出版社2003年版,第196页。
3 周作人:《平民文学》,载赵家璧主编,胡适编选《中国新文学大系·建设理论集(影印本)》,上海文艺出版社2003年版,第211页。

话成为汇聚三者的形式保证。

按照弗莱的标准，这个美学共同体从属于"低模仿"模式，亦即现实主义小说。换言之，现实主义充当了这种美学共同体的展开平台。从生活姿态、是非观念到人情世故，现实主义将文学作品的主人公与大众读者调到相同的美学频道之上。"现实主义"概念拥有复杂的理论脉络，甚至歧义丛生。很大程度上，欧洲版的现实主义作为浪漫主义的对手而出现。相对于浪漫主义的神奇、瑰丽与异域风情，现实主义的朴素、冷静与客观再现始终是一个重要含义。20世纪30年代，一批左翼批评家积极翻译和介绍现实主义观点。他们心目中，现实主义不仅显现出异于浪漫主义的表征，而且，现实主义的"客观再现"融入了那个时代的内容。周扬的《现实主义试论》指出：

> 现实主义的文学随着十九世纪市民支配权的确立而开拓了自己的广大的地盘。优秀的现实主义作家，大部分是市民的"不肖子"，被暴富者压碎了的破落户，或是从窒息的氛围气里跳出来的小市民的儿子，他们对于市民社会的现实并不觉得芬芳可爱，他们以其艺术的才能和天才的透彻力，再加上他们所熏染的市民时代固有的科学精神，

大胆地描写了社会的缺陷和矛盾,达到了现实的丑恶之暴露的最高峰。英国的惯语把现实主义和对于人生丑恶面的偏爱连结在一起,这已由旧现实主义的历史所证实。[1]

按照周扬的观点,这即是所谓"批判现实主义"。这时,现实主义含义的很大一部分已经从如实、客观的叙事风格转向揭露劳苦大众的悲惨与无助。敦促劳苦大众的觉醒、反抗与革命,"如实、客观"的意义更多地显现为身临其境的感召力。在相对宽泛的意义上,那些涉及反抗、革命然而异于现实主义美学风格的作品——例如郭沫若的《女神》以及《屈原》代表的历史剧——也会因为大众读者与文学作品主人公心有灵犀而被广泛接受。

现实主义逐渐流行的同时,"阶级"的观念逐渐清晰。左翼批评家看来,"阶级"的对抗显然是现实主义正在遭遇的历史事实。这个历史事实形成的后果之一,是"阶级"观念必须对"五四"新文学构造的美学共同体重新编码。这时,周作人

---

[1] 周扬:《现实主义试论》,载《周扬文集》第1卷,人民文学出版社1984年版,第154—155页。

所谓的"人"或者"平民"被赋予"无产者"的阶级身份——"普罗列塔利亚"(proletariat)作为一个响亮的概念隆重登场,无产阶级革命文学成为一个议论纷纷的主题。瞿秋白曾经分析恩格斯如何根据现实主义原则指出哈克纳斯小说《城市姑娘》的缺陷:"作者把工人阶级描写成'消极的群众,不能够帮助自己什么,甚至于并不企图帮助自己。一切企图——要想从那种麻木的穷困之中挽救出来的企图——都是从外面来的,从上面去的'。"[1]然而,这时的无产阶级已经到了可以产生自己英雄的时刻。因此,真正的现实主义必须迎来无产阶级作为主角。现实主义构造的美学共同体内部,无产阶级革命文学必将在阶级意义上赢得大众读者的深刻呼应。

四

可是,"阶级"观念的重新编码显示了美学共同体内部一个刺眼的斑点:作家的阶级身份。他们无法跻身于无产阶级之

---

[1] 瞿秋白:《马克斯、恩格斯和文学上的现实主义》,载《瞿秋白文集》文学编第4卷,人民文学出版社1986年版,第17页。

列；作为知识分子，多数作家出身于小资产阶级。

相对于无产阶级革命文学，小资产阶级是一个尴尬的身份。小资产阶级的启蒙理想与无产阶级使命存在巨大的差距。这种文化标签不仅遭到左翼批评家持续贬斥，甚至遭到那些埋头写作的作家冷嘲热讽。阳翰笙认为，小资产阶级意识的残余将"革命的罗曼谛克和个人的感伤主义"遗留于普罗文艺运动之中，阻碍了无产阶级意识的展开[1]；鲁迅轻蔑地将那些见风使舵的作家形容为"翻着筋斗的小资产阶级"——这些时而自称是无产阶级作家，时而鼓吹为艺术而艺术的家伙如同可笑的变色龙。[2]

然而，茅盾的观点开始显示问题的复杂性。茅盾一方面坚定地赞扬苏联的无产阶级文学，决定"一脚踢开了从前那些幼稚的，没有正确的普罗列塔利亚意识而只是小资产阶级浪漫的革命情绪的作品"[3]；另一方面，他又在《从牯岭到东京》和

---

[1] 参见华汉《普罗文艺大众化的问题》，载《中国新文学大系（1927—1937）》第二集文学理论集二，上海文艺出版社1987年版，第314页。
[2] 参见鲁迅《上海文艺之一瞥》，载《鲁迅全集》第4卷，人民文学出版社2005年版，第306页。
[3] 施华洛：《中国苏维埃革命与普罗文学之建设》，载《茅盾全集》第19卷，人民文学出版社1991年版，第308页。

《读〈倪焕之〉》之中表示，与其在无产阶级革命文学的名义之下制造若干"标语口号文学"，不如根据熟悉的生活经验塑造一些小资产阶级的人物形象，例如叶绍钧的《倪焕之》。[1]这种观点带来轩然大波——这似乎隐含偷天换日之嫌："无产阶级"仅仅充当一个空洞的理论原则，小资产阶级意识更多地盘踞于文学构思的具体环节，例如主人公的挑选、性格与内心、作家的情感倾向等。尽管小资产阶级游移不定，闪烁多变，缺乏强烈的阶级主张、政治纲领与行动的基本目标，但是，反抗的冲动与犹豫不决的观望恰恰构成了丰富的内心生活。这些内容时常显现为纤细的感觉、驳杂的感受和丰盛的感慨。如果说"阶级"概念无法辨认如此零碎的含义，那么这些内容更多地置于"个人主义"的名义之下。对文学来说，"个人主义"几乎是小资产阶级人物的首要特征。"五四"新文学之后的众多作品中，这个类型人物带有很高的辨识度。他们通常出身于知识分子家庭，一卷革命杂志，满腔无名悲愤，或者聚集于校园、广场，或者穿梭于街道、密室，时而夸夸其谈，时而长吁短叹。如果

---

[1] 参见茅盾《从牯岭到东京》，载《茅盾全集》第19卷，人民文学出版社1991年版，第187—188页；《读〈倪焕之〉》，载《茅盾全集》第19卷，人民文学出版社1991年版，第212、214页。

无法汇入真正的革命洪流，他们时常在"教育救国"或者"科学救国"之类的想象中蹉跎岁月，任凭宏伟的理想枯萎成一片凋零的落叶。物以类聚，人以群分，这些感觉、感受、感慨的"理想读者"显然是另一些知识分子。这时，现实主义构造的美学共同体出现了分裂——现实主义的"真实"遭到小资产阶级的接管乃至劫持，知识分子重新充当美学共同体的主角。由于教育与文化程度的差异，由于迥然不同的生活经验，无产阶级的底层大众再度后退，他们的反抗与革命仅仅被视为知识分子身后若干遥远的背景材料。的确，作家无法脱离熟悉的经验而任意臆造，然而，严厉的质问来自另一个方向：为什么作家始终逗留于小资产阶级的暧昧氛围而迟迟无法投身气势磅礴的无产阶级阵营？

相当长的时间里，这恰恰是左翼批评家抛出的质问。当然，左翼批评家的知识分子身份隐含相似的烦恼。正如茅盾遭遇的矛盾：他们对小资产阶级意识的清算时而表现为激烈的批判，时而表现为痛苦的磨合，甚至出现几丝同情。尽管如此，这个结论愈来愈明朗：作家必须意识到无产阶级与小资产阶级之间的鸿沟，并且坚定地将立场、观点、情感倾向转移过来。譬如，冯雪峰曾经以丁玲为例论及作家的阶级身份，并指出小资产阶级意识的危害："谁都明白她乃是在思想上领有着坏的倾向的作家。那倾向的本质，可以说是个人主义的无政府性加流浪汉（Lumken）的智识阶级性加资产阶级颓废的和享乐而成的混合物。她是和她差不多同阶级出身（她自己是破产的地主官绅阶级出身，'新潮流'所产生的'新人'——曾配当'忏悔的贵族'）的知识分子的一典型。"冯雪峰写下这一段话的时候，丁玲的小说《水》刚刚发表。事实上，恰恰是《水》开始让冯雪峰刮目相看——他察觉到，丁玲正在洗心革面，逐渐成长为一个"新的小说家"。冯雪峰将阶级观念与认同无产阶级视为成熟的标志："新的小说家，是一个能够正确地理解阶级斗争，站在工农大众的利益上，特别是看到工农劳苦大众的力量及其出路，具有唯物辩证法的方法的作家！"[1]

20世纪40年代，毛泽东发表《在延安文艺座谈会上的讲话》，涉及"文艺工作者的立场问题，态度问题，工作对象问题，工作问题和学习问题"[2]，概括地说是"一个为群众的问题

---

1 冯雪峰:《关于新的小说的诞生——评丁玲的〈水〉》，载《冯雪峰全集》第5卷，人民文学出版社2016年版，第62页。
2 毛泽东:《在延安文艺座谈会上的讲话》，载《毛泽东选集》第3卷，人民出版社1991年版，第848页。

和一个如何为群众的问题"[1]。这个历史时期，反抗与革命的任务是清除封建文化与帝国主义反动派，因此，无产阶级不仅依靠"拿枪的军队"战胜敌人，同时还要有一支"文化军队"[2]。文艺工作者必须首先意识到他们的政治任务。更具体地说，文艺作品承担了动员、组织和加强"文化军队"的功能。这个任务同时决定了文艺的"工作对象问题，就是文艺作品给谁看的问题"[3]。按照毛泽东的论述，工农兵构成了人民大众的主体，亦即"文化军队"的骨干部分，因此，"我们的文学艺术都是为人民大众的，首先是为工农兵的，为工农兵而创作，为工农兵所利用的"[4]。这个基本原则不仅确认作为读者的工农兵，确认文艺在"普及"与"提高"两种策略之中强调前者，而且确认作为主人公的工农兵——他们同时是文艺作品的"描写对象"。"既然文艺工作的对象是工农兵及其干部，就发生一个了

---

[1] 毛泽东:《在延安文艺座谈会上的讲话》，载《毛泽东选集》第3卷，人民出版社1991年版，第853页。
[2] 毛泽东:《在延安文艺座谈会上的讲话》，载《毛泽东选集》第3卷，人民出版社1991年版，第847页。
[3] 毛泽东:《在延安文艺座谈会上的讲话》，载《毛泽东选集》第3卷，人民出版社1991年版，第849页。
[4] 毛泽东:《在延安文艺座谈会上的讲话》，载《毛泽东选集》第3卷，人民出版社1991年版，第863页。

解他们熟悉他们的问题。"[1]然而，一些作家迟迟没有找到感觉。热衷小资产阶级个人主义，关注本阶级的同类，这些作家始终与工农兵形同路人，他们的作品构成了刺耳的杂音。敦促他们转移立场才能维护纯洁的美学共同体，哪怕这是一个旷日持久的工程。作为革命领袖，毛泽东提出了刚性的要求："要彻底地解决这个问题，非有十年八年的长时间不可。但是时间无论怎样长，我们却必须解决它，必须明确地彻底地解决它。我们的文艺工作者一定要完成这个任务，一定要把立足点移过来，一定要在深入工农兵群众、深入实际斗争的过程中，在学习马克思主义和学习社会的过程中，逐渐地移过来，移到工农兵这方面来，移到无产阶级这方面来。只有这样，我们才能有真正为工农兵的文艺，真正无产阶级的文艺。"[2]

作为革命斗争的基本经验，美学共同体的阶级性质获得愈来愈多的强调。无论是作家还是读者，无产阶级身份是不可或缺的护身符。脱离无产阶级队伍将成为千夫所指的"阶级敌

---

[1] 毛泽东:《在延安文艺座谈会上的讲话》，载《毛泽东选集》第3卷，人民出版社1991年版，第850页。
[2] 毛泽东:《在延安文艺座谈会上的讲话》，载《毛泽东选集》第3卷，人民出版社1991年版，第857页。

人"。与此同时，作品中的主人公逐渐规范为同一战壕的战友；20世纪六七十年代文艺作品遵奉的"三突出"原则甚至规定，主人公必须由无产阶级的主要英雄人物担任——反面人物乃至"中间人物"担任主人公的现象遭到疾言厉色的批评，甚至成为政治禁忌。无产阶级的阶级感情设立为美学共同体的"公约数"后，现实主义亦非必要条件。可以从"社会主义现实主义"口号或者"革命现实主义"与"革命浪漫主义"相结合的观点中发现，真正的中心词是"社会主义"与"革命"，文学毋宁是无产阶级解放事业的一个局部。重启"浪漫主义"表明，无产阶级步入政治舞台中心，文学开始追求宏伟的气势与瑰丽的想象，兢兢业业的现实主义不够用了。历史远景已经设定，现在是无产阶级的想象从现实跑道上起飞的时刻。所谓的想象无非是即将成为现实的明天。这些想象可能是一些壮观的社会图景，一些崭新的英雄人物，或者一些昂扬的、燃烧的激情。当然，只有无产阶级掌握延展现实的历史逻辑，才能保证"革命浪漫主义"不至于迷失方向从而拐入传统浪漫主义的旧辙。日丹诺夫豪迈地解释说："我们的文学充满了热情与英雄气概。它是乐观的，同时这种乐观并不是什么动物式的'内在本能的'感觉。它本质上是乐观的，因为它是上升阶级——无产阶级——唯一进步和先进的阶级的文学。"[1]由于阶级概念的护航,新型美学共同体的文学虚构几乎与历史轨迹相互重叠,现实主义、浪漫主义或者乌托邦几乎构成同一历史轨迹之中先后出现的理论驿站。阶级的徽号神圣而威严。即使存在某些夸张失真,无产阶级文学仍然不可挑战。

这种状况延续到20世纪80年代。

五

20世纪80年代之后,现代主义的大规模登陆击穿了现实主义与阶级的文学防线。现代主义不仅带来一批形式晦涩的文学作品,而且热衷于塑造一批落落寡合的畸零者。这些主人公游荡于边缘地带,与现代社会格格不入。他们无力主宰生活,只能以自嘲与反讽表示反击——自嘲与反讽是现代主义文学的显眼标志之一。反抗与革命如火如荼的时刻,这些玩世不恭的性格令人失望。相对于现实主义组织的美学共同体,现代主义

---

[1] [苏]日丹诺夫:《日丹诺夫论文学与艺术》,戈宝权等译,人民文学出版社1959年版,第9页。

文学的主人公毋宁是破坏性的异己。现代社会怎么可能托付给这些人物？这是来自现实主义的诘问。

尽管如此，现实主义与现代主义的争论迅速降温。转入后现代的松弛气氛，二者之间的差异远不如预想的那么严重。的确，现实主义与现代主义代表迥异的文学想象，但是，许多人宽容地表示无所谓。美学仅仅是美学，生活一如既往——现实主义或者现代主义的差异并未深刻地影响上司的脸色或者晚餐的质量。如果说，20世纪初的"五四"新文化运动召唤出一批激进的小资产阶级知识分子，他们曾经将文学视为生活的组成部分，那么21世纪初流行稳健的中产阶级社会学。中产阶级社会学重视循规蹈矩、波澜不惊，文学的功能仅仅是提供碎片化时间的消遣读物。这些读物浪漫、有趣、奇幻、优雅，同时提前排除撼动生活结构的危险企图。可以悬疑、惊险、激情，可以回肠荡气、血脉偾张、至情率性——但是，没有人愚蠢地谋求这些因素付诸实践。文学虚构与生活的新型默契获得了普遍认可：之所以怂恿欲望跑到历史逻辑的前面，恰恰因为欲望放弃对历史的改造。总之，沉浸于不羁想象带来的巨大快感，然后心安理得地奉行既定的秩序。对中产阶级来说，短暂的精神旅行可以有效地调剂刻板的日常生活，避免单调与重复制造的倦怠。如何规划精神旅行的路线与景观？与其就近寻欢作乐，不如穿越到另一种时空构思别具一格的奇遇——事实上，穿越叙事已经盛行网络小说多年。"网络小说中的'穿越'是指主角由于某种原因（通常是意外事件）到了过去、未来或平行时空。穿越的基本设定能够有效地组织YY叙事，穿越者古今境遇的反差带来戏剧化效果。"[1]古往今来，这项文学技术已经十分成熟。从古老的《枕中记》《南柯太守传》到吴趼人的《新石头记》、莫言的《生死疲劳》，穿越叙事源远流长。人们既可以选择肉身穿越，也可以选择灵魂穿越。张冠李戴或借尸还魂均是穿越叙事的常见策略。通常，网络小说鼓励现代社会成员以穿越的方式回溯历史，大清王朝似乎是大部分穿越者乐于落脚的朝代。不论是《梦回大清》《绾青丝》《末世朱颜》还是《迷途》《鸾》《步步惊心》，如此之多的网络小说证明，穿越叙事可以视为中产阶级最为青睐的"白日梦"构造机制。"YY"是"意淫"的缩写，这个名词与"白日梦"异曲同工。

中产阶级社会学的一个内在矛盾是，渴望冒险的乐趣，同

---

[1] 邵燕君主编:《破壁书：网络文化关键词》，生活·读书·新知三联书店2018年版，第263页。

时，恐惧冒险带来不可预料的结局。从投资冒险、婚姻冒险、择业冒险到追随某一个潮流或者签下某一个订单，不稳定因素可能严重威胁按部就班的生活。穿越叙事包含一个许诺，颠覆性的结局不会难堪地出现。通常，现代人物穿越进入古代带有"先知"意味。他们不仅动用各种现代知识反哺古人，更为重要的是，所有的现实冒险均已上过历史保险。主人公不受"祖父悖论"的困扰，没有人试图修改历史的谜底。因此，所谓的冒险仅仅制造若干人生波澜，而不是押上自己的命运从事一个生死攸关的豪赌。例如，降落于清宫参与各种爱情游戏的时候，主人公决不会错认哪一个"阿哥"是未来的皇上——这种失误的代价通常是死无葬身之地。鲁迅、丁玲、茅盾、巴金那一批"五四"作家的主人公倾出一腔热血投身启蒙与解放——哪怕失意与颓废亦非虚伪的敷衍。相对于这些炽热而天真的小资产阶级知识分子，网络小说带有明显的游戏性质。各种情节惊心动魄，但是，观众席存在一个事先划定的安全区域。对于中产阶级文化趣味来说，即使文学虚构也不会尴尬地失控。

当然，穿越叙事表明了现实的匮乏，譬如"女频"网络小说苦苦追求的爱情。至真至纯，相偎相守，心有灵犀，朝朝暮暮——对现今的世俗社会，这些爱情传奇似乎只能成为一厢情愿的幻想。爱情即是一切——如此夸张的心愿恰恰表明爱情的稀缺。男性中心的功利主义如此强大，批判与谴责无济于事，现实主义组织的阶级共同体令人失望，"阶级"的反抗对于"性别"的苦难视而不见。这时，受挫的欲望只能转移至另一个时空抛头露面。这些欲望存在多少乌托邦的理想主义成分？

　　帝王的欲望是江山永固与长生不老，乞丐的欲望是丰衣足食与安居乐业，许多网络小说的爱情渴求遗留下清晰的中产阶级印记。辛辛苦苦地奔赴另一个遥远的时空收割爱情——然而，穿越叙事隐藏的若干预设破坏了爱情的"至真至纯"。首先，女主人公通常容颜姣好，甚至倾城倾国。换言之，穿越叙事并未改变以貌取人的传统观念，因此，世俗社会对于她们的蔑视令人费解——容颜难道不是最为有效的通行证？令人难堪的事实似乎是，姣好的容颜未曾在世俗社会兑换到价值相当的家庭形式。家庭通常是中产阶级安放人生的支架。许多女主人公曾经慷慨地表示，荣华富贵如同浮云，理想的家庭形式是由一副宽大的男子汉肩膀撑起来的。灵魂的呵护远比物质财富重要。然而，穿越叙事解放的文学虚构无意地暴露了她们的巨大胃口——女主人公从未穿越到荒山野岭充当一个安详的农妇，或者落入市井贫贱之家缝缝补补一辈子；相反，她们总是迅速赢得一个千金之躯，幸运地成为若干皇室"阿哥"共同的爱慕对象，运筹于宫闱之间，决胜于龙庭之上。总之，围绕她们周围的"真命天子"英俊潇洒、财力雄厚，并且拥有至高的皇权作为后盾。如果说男性中心的功利主义遭到了她们的鄙视，那么穿越叙事如此钟情的"第一家庭"模式毋宁是变本加厉的超级功利主义。

这是否虚伪？我宁可认为，家庭形式与社会构造的脱节不知不觉地催生如此幼稚的"白日梦"。许多时候，家庭被想象为漂浮于滔滔浊流的孤岛，是女主人公的灵魂栖息地。钩心斗角也罢，邀功争宠也罢，忍辱负重也罢，相夫教子也罢，所有的努力无一不是加固家庭的躯壳。按照"第一家庭"模式构思自己的理想没有什么不对，锦上添花难道不是人之常情？她们无法意识到，皇权所依附的社会只能容忍某种家庭形式。对于那种崇尚功名、崇尚男权的意识形态说来，所谓的爱情往往包含一些危险而疯狂的想法，"不爱江山爱美人"更像是大逆不道。18世纪的《红楼梦》已经察觉爱情与皇权笼罩的家庭存在深刻矛盾，"情种"贾宝玉恰恰以"出家"告终，诸多皇亲国戚从未支持他迎娶挚爱的林黛玉。20世纪那一批"五四"作家拍案而起，慨然为皇权社会以及传统的家庭形式送终。然而，21世纪的网络小说大规模启动穿越叙事，重返大清或者另一些王朝，力图品尝皇权恩泽之下的美妙爱情。这些作家心目中，与其关注历史上的争权夺利，不如代之以卿卿我我。穿越叙事的动人情节缀满各种历史景观、历史意象与历史知识，然而，坚硬的历史逻辑销声匿迹。前者可以充实"白日梦"的肌理细节，后者与"白日梦"的结构彼此冲突。因此，穿越叙事隐藏的企图已经显露无遗：利用文学虚构绕开历史逻辑的限制。

历史回溯是如此，历史远景的注视也是如此。

六

相对于历史回溯，文学对未来历史远景的注视显然少得多。未来历史远景是革命的重大主题，无数志士仁人愿意为之前仆后继。显而易见，未来历史远景的描述只能由虚构承担。作为一种强烈的期待，这种虚构包含很大的欲望成分，并且抛开了常识的限制。这时，"乌托邦"概念会重新进入视野。

弗雷德里克·詹姆逊心目中"未来的阐释"是一种"政治行为"："它有助于重新唤醒关于可能的、另外的、未来的想象，重新唤醒我们的制度——自以为是历史的终结——必然压制并使之瘫痪的那种历史性。"[1]他对"乌托邦"这个概念深感兴趣。乌托邦可以复活思想之中长期睡眠的部分，犹如复活长期缺乏锻炼而僵硬的肌肉。在他看来，"马克思主义的政治就是一种乌托邦的计划，目的是改变世界，以一种根本不同的生产方式代替资本主义的生产方式"[2]。阐释这些观点的时候，詹姆逊援引了一批科幻小说。这个文类将未来历史远景的想象寄托于哪些因素之上？

达科·苏恩文倾向于把乌托邦纳入科幻小说："严格而准确地说，乌托邦并不是一种类型，而是科幻小说的社会政治性的亚类型（subgenre）。"[3]或许，亚当·罗伯茨的分辨更为细致。在他看来，科幻文类起源于古希腊小说中的幻想旅行作品，现今表现为三种形式："空间（到其他世界、行星和星系）的旅行故事、时间（到过去或者未来）旅行故事和想象性技术（机械、机器人、计算机、赛博格人以及网络文化）的故事。"

---

[1] [美]弗雷德里克·詹姆逊：《乌托邦作为方法或未来的用途》，载詹姆逊等著《科幻文学的批评与建构》，王逢振等译，安徽文艺出版社2011年版，第102页。
[2] [美]弗雷德里克·詹姆逊：《乌托邦作为方法或未来的用途》，载詹姆逊等著《科幻文学的批评与建构》，王逢振等译，安徽文艺出版社2011年版，第82页。
[3] [加]达科·苏恩文：《科幻小说变形记——科幻小说的诗学和文学类型史》，丁素萍、李靖民、李静滢译，安徽文艺出版社2011年版，第68页。

乌托邦小说系第四种形式："应该属于科幻小说大类，虽然它以哲学和社会理论作为它的起点。"乌托邦不仅存在空间或者时间的旅行，同时还存在"故事中描绘的'理想'社会与大家所生活的不完美社会之间的隐含对比"。[1]

对科幻作品来说，科学技术是幻想的酵母。19世纪是奇幻转向科幻的关键时刻：前者源于魔法，后者源于技术。亚当·罗伯茨认为，"科幻小说的诞生不可能早于19世纪，正是因为在19世纪，我们现在所理解的'科学'一词获得了它的文化性认可"[2]。通常的认识之中，"科学"以严谨、客观和精确著称，人们很少意识到，科学技术的未来展望可能成为想象乃至幻想的强大动力。目前为止，太空飞船、机器人、虚拟技术不仅是科学技术的产物，也是批发科幻小说各种想象的销售站点。我想同时指出的是，科幻小说已经返回弗莱所形容的"高模仿"，与神话仅仅一墙之隔。现实主义构造的美学共同体撤出了这个文类。这个世界的多数庸常之辈无法像科幻小说主人

---

1 [英]亚当·罗伯茨：《科幻小说史》，马小悟译，北京大学出版社2010年版，第1—3页。
2 [英]亚当·罗伯茨：《科幻小说史》，马小悟译，北京大学出版社2010年版，第15页。

公那样乘坐太空飞船与外星人交战，或者遁入虚拟空间摇身一变，充当一个能量惊人的英雄。总之，这些故事再度与读者拉开了巨大的距离，大众甚至没有资格出任微不足道的路人甲或者路人乙。如果说现实主义构造的美学共同体隐含的意图是，大众与主人公一起平等地、齐心协力地按照阶级的理想重塑社会，那么科幻小说更多地默认另一个前提："科学"愈来愈明显地成为左右历史演变的力量。

有趣的是，这种"科学"时常让人联想到从天而降的神奇魔术——这构成"科幻"小说的"幻想"表征。实验室里各种试管、计算机、电缆或者飞越太空的绚丽图景之所以悬浮如梦，很大程度上是因为"科学"对历史逻辑的依存关系遭到屏蔽。据称苏联官方曾经发表关于外星生命的一个观点：掌握星际飞行的外星种族必然是共产主义社会，因为资本主义无序竞争导致的内在分裂不可能组织起星际飞行需要的庞大集体劳动。[1] 尽管这种观点严重低估了另一种生产方式的成效，但是，至少作者力图恢复"科学"与历史逻辑的联系。另一种观

---

1 参见[英]亚当·罗伯茨《科幻小说史》，马小悟译，北京大学出版社2010年版，第235页。

点曾经质疑刘慈欣《三体》之中"高等科技与专制社会的配置想象"。作者的追问意味深长：一个如此专制的文明——所谓"长老"的管制显然包括精神活力的限制和生产关系组织方式的规定——能否产生如此发达的科学技术？[1]两种南辕北辙的观点共同涉及科幻小说的一个普遍盲区：某种类型的科学只能诞生于适合的社会条件之中。切断二者的联系，"科学"无异于巫师手中随心所欲的法器。这个普遍盲区带来的一个症候是，科幻小说之中的"科学"喜怒无常。"科学"是造福人类还是贻害社会？乐观主义与悲观主义见仁见智，相持不下。换言之，"科学"是构造理想的乌托邦还是地狱一般的恶托邦，这个悬念远未落地。现实主义美学共同体内部，无产阶级文学积极宣扬本阶级的声音，阶级即是并肩战斗的群体；然而，科幻小说无法信任"科学"以及科学家团体。没有人可以预料，与历史脱钩的"科学"可能架设哪些意外的情节。这种状况一定程度地破坏了苏恩文或者詹姆逊的期待。

相对于神魔小说与武侠小说，同时，相对于历史回溯的文

---

1 参见陈舒劼《"长老的二向箔"与马克思的"幽灵"——新世纪以来中国科幻小说的社会形态想象》，《文艺研究》2019年第10期。

学主题，科幻小说流露出明显的不安。这是投射于历史远景的阴影。文学想象未来的时候，科学并未许诺多少乐观的景象。许多科幻小说中，情节内部的反面势力即是源于"科学"或者若干乖戾的科学家。作为一个随机的案例，《中国作家》2020年第6期"科幻小说专号"成为我的考察对象。这一本杂志共计刊登13篇科幻小说，中篇小说4篇，短篇小说9篇。从机器人、人工智能、异形生物到平行空间或者数万年、数十万年之后的生活，科幻小说的各种元素一应俱全。我不想分析这些小说的叙事结构或者人物性格特征，而是关注一个特殊主题："科学"扮演何种角色？

简单统计可以发现，仅有阿缺的《你听我沉默如诉说》和墨熊的《春晓行动》两部作品将主人公遭遇的困厄归咎于大自然。严格地说，只有《春晓行动》的超级冰河期是大自然的产物，《你听我沉默如诉说》之中灾变——一天只能与一个人交谈——的部分原因仍然归咎于人类：人类发往宇宙的信号引来了外星人。它们发现人类过于聒噪，于是转身离去；临行之前将纳米级别的吸音机器人弥散于地球的空气之中，以至于吸收了所有外星人认为多余的声音。这时，更高级别的文明——人类还无法企及的"科学"——成为情节内部的对立因素。另一种意义上的统计表明，仅有彭绪洛的《平行空间》和王诺诺的《三灶码头》出现了相对乐观的结局。《平行空间》的主人公在一次高原旅行之中遇险，外星人救活了他，把他安顿在异于社会的另一个平行空间，同时另行复制一个主人公返回家乡。两年后，主人公脱离平行空间回到现实，并且与另一个自我共同面对毫不知情的家人。再三权衡之后，主人公忍痛离去——他不愿意制造亲人之间的混乱。换言之，"科学"带来的一连串意外激发了主人公崇高的道德。相对地说，《三灶码头》略为平淡。一个未来人穿过时间隧道来到20世纪30年代的三灶码头，因为飞行器故障一时无法返回。他预知未来的事情，甚至帮助村民躲过了日本人的残害。这篇小说留下一个温情的结尾：在村庄里一个孩子的帮助下，未来人找到飞行器丢失的零件，排除故障之后顺利返回。

另一些小说的共同特点是，"科学"以各种形式插入主人公的日常生活，点燃他们内心的欲望，某种程度地实现他们向往的目标，继而遗留一个痛苦的甚至悲剧性的结局。陈楸帆的《剧本人生》、超侠的《偷心特工》、徐彦利的《完美恋人》均涉及爱情生活。"哪个少女不怀春？哪个少男不多情？"对于多数人说来，爱情往往是欲望最为强烈的区域，也是欲望最少获得满足的区域。这时,"科学"慷慨地出手干预。然而事与愿违——芯片、纳米机器人或者"恋爱机器人"并未造就真正的人类感情。相反,一旦贪欲同时膨胀,危险可能意外地降临。宝树的《你幸福吗》犹如一个寓言:各种人造的幸福如此短暂,以至于加剧了日常生活的不幸之感。

郑军的《弗林效应》也可以视为一个大型的寓言:药物或者基因改造人为地提高了儿童的智力,但是,儿童的道德水平和法律意识并未跟上。由于儿童身份的掩护,他们的犯罪更为隐蔽,同时可以轻松地逃离法律的惩罚。《弗林效应》主题的合理延伸是:"科学"愈来愈发达的时候,人类的道德与法律是否已经就绪——为什么如此之多的科学技术成为残害人类的帮凶?例如,意外事件来临的时候,韩松《山寨》之中那些作家的表现令人失望。孙未的《信徒》富有想象力,但是,故事的主题仍然令人担忧:如此高超的视觉技术与宣传操纵仍然接受不正当商业利益的驱使。《章鱼》表明了人类对于大自然不懈的探索兴趣,可是,这种探索显然包含了人类中心主义。

人类中心主义不仅缺乏众生平等的意识,而且,所谓的"人性"时常是一种令人担忧的品质。赵炎秋的《智人崛起》完整地阐述了高度发达的人工智能可能带来的各种问题,尽管这部小说显露出过分的图解倾向。正如许多人担忧的那样，高级智人出现了自我意识。它们追求公民权利，要求享有与自然人同等的法律地位。遭到拒绝之后，高级智人开始谋反，并且由于计划泄露而被歼灭。令人深思的是，高级智人的所有观念——从独立的人格、自尊、同情心到密谋、色诱、怯懦、背叛，均与自然人如出一辙。它们几乎可以视为另一个自然人敌对国家的翻版。换言之，作家毋宁说以人类为蓝本想象高级智人——对于高级智人的恐惧，很大程度上是恐惧人类自身的投影。

现今的日常生活之中，人们正在愉快地享用科学技术，然而，"科学"无法提供铺设未来的理想材料。科幻小说中，"科学"带来了惊险、奇幻与悬念，人们并未如期抵达安宁祥和的空间，相反，读者暗自庆幸的是不必存活于如此酷烈的环境。当然，更多的人对于这种庆幸嗤之以鼻——需要如此认真吗？如同神魔小说、武侠小说或者穿越叙事学，科幻小说不负责生活的实践指南。作为一个文学元素，"科学"承担仿造未来的修辞术，正如宫殿、龙袍或者刀剑成为仿造古代的修辞术。由于精致而逼真的包装，娱乐的质量精益求精。娱乐是这个时代的巨大产业，也是科幻小说方兴未艾的原因。这是一个前所未有的文化福利：虚构与"科学"联袂登场——逾越常识的虚构成功地获得了科学话语的认证，从而及时将互联网、芯片、人工智能、基因技术以及形形色色的外星人纳入中产阶级消遣的节目单。

（原刊《文艺研究》2021年第8期）